狭間雑貨店で最期の休日を

櫟 彩郁

STARTS
スターツ出版株式会社

人は誰でも、出会いと別れを繰り返す。
その中で、絆《きずな》を築き、愛を育《はぐく》み、楽しい時間を過ごして、時には喧嘩《けんか》もして。

けれど、幸せに永遠はない。
別れは必ずやってくる。
もしも、大切な人が、突然自分の前から消えてしまったら。
もしも、自分自身が、命を落としてしまったら。
大切な人に伝えたかったことが、伝えられなかったら。

——そんな悲しみと後悔を抱える人々を、救いたい。
あるところに、確かな信念と優しさをもって、人と人とを繋《つな》いでいく者たちがいた。

目次

狭間雑貨店で最期の休日を

オープニング

二〇一九年四月、陽光うららかな春。並木道では桜の花びらが散り始め、それらを暖かな風が柔らかくさらっていく。そんな中、羽根田千聖《はねだちさと》は、目の前にそびえ立つ巨大掲示板と睨《にら》めっこしていた。

千聖は、この春大学生になったばかりの十八歳。少女から大人へと向かう過渡期《かとき》にあるため、顔にはまだ少しあどけなさが残る。

彼女がブラウンの瞳を右へ左へと動かす間に、肩の下で切り揃《そろ》えられた黒髪が風に揺れる。今日着ている紺色のブラウスとベージュ色のパンツは、大学入学前に慌てて買ったものだ。制服がないというのは不便なもので、毎日服の組み合わせを考えなければならない。そんな毎日にもようやく慣れ始めて、千聖はある決心を胸にこの場所へとやってきた。

千聖が見ているのは、大学の学生食堂に設置された掲示板。そこには、アルバイトの求人情報がいくつも貼り出されている。とはいえ業種はそう多くなく、家庭教師や塾講師など、大学が奨励《しょうれい》するものばかりが占めていた。

教えるというのは大変難しいものだ。いい経験にはなるだろうが、千聖にはぴんとこない。もっと自分に合うものがあるはずだ、と確信している。

この街は、都会でも田舎でもない。どちらかと言えば田舎に近いのかもしれないが、電車で二駅先に行けば、そこには夜も眠らない繁華街《はんかがい》が待っている。レストラン、ブティック、カフェ――そういった接客業に、千聖は挑戦してみたかった。

第一志望の四年制大学に無事入学できたとはいえ、奨学金制度を利用しても、恐らく家計は火の車だ。

小学二年生の時に父を亡くした千聖は、現在母とふたり暮らし。その父が残した借金を返済するため、母は仕事を掛け持ちしながらも、千聖を育ててくれている。アルバイトを探しているのは、少しでも家計の足しにして、母の力になりたいからだ。

周囲の学生たちは、『アルバイトって、大学にもっと慣れてから始めた方がいいよね』と言っているのだが、千聖はできることならすぐにでも働きたいと考えていた。いいアルバイト先を見つけて、一日も早く母が少しでも楽になるようにしたいのだ。今日の講義は全て終わったので、次はアルバイト情報誌を探しに行こうと、千聖は掲示板から離れ、大学を後にした。

自転車に乗り、最寄り駅へと向かう。そこから電車で五駅、繁華街とは逆向きに進めば千聖の家がある町だ。改札を出て、地元の人々で賑わう商店街に向けて歩きながら、書店かコンビニエンスストア、どちらに行くかを考えていた時だった。千聖はふと、疑問に思うことがあって、足を止める。

アーケードの手前、交差点近くの角に、見慣れぬ店が構えてあった。

千聖自身も商店街近くまでやってくるのは約三日ぶりなのだが、それでも建設中の建物があれば、目立つし気付いたはずである。

ペールグリーンのペンキで塗られた壁、セピア色の屋根と扉。植木鉢に咲いた黄色と白の花々。この辺りでは珍しく、モダンで都会的な雰囲気だ。四角い窓からは中が見えそうなのだが、開店前なのか、暗くてよく分からない。

千聖は突如《とつじょ》現れた店の正体が知りたいと興味を持ち、引き寄せられるように入り口の扉へと近づいた。そこには一枚の紙が貼ってある。

【雑貨"Hyssop《ヒソップ》"近日開店予定。アルバイト募集中。詳細は店長まで】

上質な紙を使っているようだが、書かれていることは簡潔のように見えて大雑把《おおざっぱ》。『近日』ではいつ開店するのか分からないし、アルバイトの勤務時間や時給すらも載っていない。千聖は面食らった。

「こんなに詳細が分からないのも珍しいな……」

家からの距離も近く、接客ができる雑貨店ということで、千聖は少なからず興味を引かれていた。アルバイトを募集しているのなら話を聞いてみたいが、この紙を貼った店長を探すにはどうしたらいいのか。店の中にいる可能性もある。しかし、いきなり扉を開くのは、失礼にあたるかもしれない。

しばらく考えた後、千聖は勇気を出して右手を持ち上げた。ドキドキしながら、試しに扉を数回ノックしてみたものの、誰も何も出てこない。

ちょうど今、店長が不在なのかもしれない。だが、こんな調子でこの雑貨店はやっていけるのだろうか。千聖は肩をすくめ、時間を置いてまた改めて訪れようと、踵《きびす》を返した。

「君、アルバイトに興味あるの？」

「ひっ！」

振り返った直後。男性の声が聞こえたかと思うと、目と鼻の先に人間の胸らしきものがあった。顔面をぶつけそうになり、千聖は咄嗟《とっさ》に踏ん張ったのだが、反動で仰《の》け反《ぞ》る。そのまま男に視線を向けるとヘーゼル色の瞳と視線が交わった。

「び、びっくりした……！」

「ああ、驚かせてごめんね。僕、ここの店長です」

男が店を指しながら一歩後退してくれたので、千聖は姿勢を元に戻すことができた。

「あ、そうなんですね。こちらこそ、そそっかしくてすみません」

軽く頭を下げ、千聖は改めて男の顔を確認した。宝石のように輝く瞳は、光の加減によって薄いブラウンにもグリーンにも見える。千聖より優に三十センチは高いであろう身長と、普遍的なショートカットの黒髪。前髪を少しだけ左右に分け、その間から覗《のぞ》く眉毛は綺麗《きれい》に整っている。女性も顔負けのぱっちりとした目と、筋の通った鼻《び》梁《りょう》、薄い唇。メディアでよく言われる言葉で説明するなら、甘いマスク——いわゆるイケメンだ。

白いワイシャツに薄手の黒いジャケットを羽織り、灰色のスラックスを履いている。いかにも社会人らしく、年齢は二十代半ばといったところか。手には半透明のビニール袋を持っている。買い物に出かけていたようだ。

「あの、アルバイトってまだ募集してますか？　私、興味があって……」

「うん。それ、さっき貼ったばかりだから」

早速応募者が出たことが嬉しいのか、男性はふにゃっと表情筋を崩して笑った。偶然ながら、いいタイミングで店を見つけたものだ。

「それなら、お話を伺いたいんですが……あっ！　でも、履歴書《りれきしょ》が要りますよね？」

「ううん。経歴は口頭で聞くから要らないよ。どうぞ、中へ」

「え？　あ、はいっ。え、いいんでしょうか……？」

「大丈夫」

初めてのアルバイト探しで勝手が分からない千聖は、彼の醸《かも》し出す独特な雰囲気と急な展開に、些《いささ》か不安を覚える。見た感じ、店長というには随分と若く、おっとりしているのだ。

まずは話を聞いてみて、それから判断すればいいと考え、千聖は彼の後についていくことにした。男性は入り口の扉を鍵で開け、中に入っていく。照明のついていない店内は薄暗いが、扉から差し込む外の光のおかげである程度は見渡すことができた。アイボリー色の壁紙に囲まれたフロアは、広すぎず狭すぎず。千聖の感覚だと十坪くらいはある。フロアの中央には、数段に分かれた四角い木製テーブルが置かれ、アンティーク調の棚が壁一面に並ぶ。天井からは、四面ガラスに囲まれたランプがいくつか吊《つ》り下げられていた。

棚と机には、種類の豊富な雑貨が並べてある。文房具、食器類、クッションやぬいぐるみ、バッグやアクセサリーなどのファッション小物、その他にも生活雑貨が陳列《ちんれつ》されているようだ。お洒落で可愛い小物雑貨に、千聖は目を奪われた。比較的女性向けのものが多いが、中には男性用と思われるタイピンやハンカチ、帽子なども置かれている。男性店長だからこその品揃えだろう。

店長はレジカウンター奥の【STAFF　ONLY】というプレートのついた扉を開け、千聖を手招いた。それ以上は立ち止まって見る暇もなく、千聖は急いで彼に続く。中は簡素なロッカールームになっていた。休憩所も兼ねているようで、小さな丸テーブル一台と木製の椅子が二脚、セットで置いてある。千聖は促《うなが》されるまま椅子に掛け、店長はメモ用紙とペンを持って、千聖の向かいに座った。

もう面接を始めるようだ。千聖は焦った。

「あの、興味があるとは申し上げましたが、まだ働きたいと決めたわけじゃ……」

「うん。僕の話を聞いてから、じっくり考えてもらって構わないよ」

「そ、そうですよね。よかったです」

それを聞いて、千聖は頬を緩めた。店長も目を細めて微笑んでいたが、そこにはなんとなく確信めいたものが浮かんでいる。まるで、「千聖はここで働くに違いないだろう」と言いたげだった。

何もかも見透かしているような店長の柔らかい表情に、千聖はじっくりと見入ってしまった。神秘《しんぴ》的なオーラを放つ彼は、見た目は人間なのに、どこか人間らしくないのだ。

これは、生まれて初めてのアルバイトの面接。本来は緊張すべき場面なのだが、驚くほど心が落ち着いている。これも店長のもつ雰囲気の効果だろうか。

「これが僕の名刺です」

「ありがとうございます」

革製ケースの上に名刺を載せ、店長は丁寧に千聖へと差し出した。【雑貨 Hyssop 代表　鳴神雷蔵《なるかみらいぞう》】と書かれてある。

目の前の美男子と、雷蔵という名前がアンバランスで、千聖はその意外さに目を丸くした。芸能人が使うような名前だし、インパクトが強く、誰からもすぐに覚えられるだろう。だからといって、彼に似合わないこともない。店長を見つめていると、次第に馴染《なじ》んでくるから不思議だ。

「じゃあ、名前と年齢から教えてもらっていいかな」

雷蔵からそう言われ、千聖は我に返り、姿勢を正した。

「あっ……はい。羽根田千聖と申します。十八歳です」

「はねだちさとさん、だね。大学生？」

「はい。先日、入学したばかりです」

「そっか。まだ周りの環境に慣れなくて忙しい時期じゃない？」

「地元ですし、そうでもありません。高校生の時からアルバイトがしたかったんですけど、校則で禁止されていたので」

「なるほどね」

千聖は、家庭の事情により、できるだけ早く働きたいのだと話した。そういう学生も珍しくはないだろう。雷蔵は訝《いぶか》しむことなく聞いてくれた。

「それじゃ、業務内容を説明するね。平日は、レジと品出し・陳列、値札付けとＰＯＰ作り、電話対応全般。時給は千円。開店時間は十時から二十時で、勤務時間帯は相談に乗ります。ここまでは大丈夫？」

「はい」

なかなかの好条件ではないだろうか、と千聖は喜んだ。この周辺での時給は、ざっと調べた限り、高くても九百円ほどのはずだ。深夜まで働く必要がなければ、家の手伝いもできる。そこまで大変な業務内容でもなさそうなので、千聖はここで働くことを前向きに考え始めた。

「学業に支障がなければ、特に土日の方に入ってもらいたいんだけど……」

「はい。私は元からそのつもりですが。土日に、なにか特別な業務でもあるんですか？」

「少し、いや……かなりびっくりするかもしれない」

急に、雷蔵の歯切れが悪くなり始め、千聖は首を傾げた。

「土日はね……ちょっと〝特別〟なお客さんが来るんだ」

「……はい？　特別、とは？」

「一般的に言う、普通じゃないお客さんってこと……かな？」

雷蔵はただ単に、特別を言い換えただけで、曖昧《あいまい》に濁《にご》した。

雷蔵は最初からミステリアスな感じがあったが、これではもう、本当に変な人になってしまう。

「え……？　どういうことですか？　その特別なお客さんたちが、週末のお店の営業に何か関係するんですか？」

「まあ……そうだね。業務も一筋縄ではいかないし大変だけど、その代わり、時給は千五百円になるよ」

「せ、せんごひゃくっ⁉　……詳しく、聞かせてください」

雑貨店に特別な客がやってくるという話は、千聖がこれまで生きてきた中で聞いたこともない。それでも、稼げるなら稼ぎたい。金額につられるのは打算的すぎるかもしれないが、多少身体を張っても優先すべきだ。どんなことでも受け入れてやるというつもりで、千聖は前のめりになった。

「ふふ。肝が据《す》わってるね。言葉で説明すると信じてもらえないだろうし、もしよければ、今週末にどんなものか一度見てみる？　お試し研修ってことで、時給の七掛けは出すよ」

千聖の返事に、雷蔵は満足そうに笑い、そう提案をした。試してみる価値はあるだろう。千聖は唾を飲み込み、気持ちを固めていく。

「それなら、お願いします。あの、一応確認しますが、危険なものではない……ですよね？」

「うん。身の安全は保証するし、万が一の時は僕が守るから」

土日の業務内容は不明だし、未だ疑念は残る。何やら怪しいものを感じるが、高額な時給と雷蔵の独特な雰囲気に惹かれ、千聖はとりあえず引き受けることにした。

相手が雷蔵でなければ、恐らくこんな決断はしていない。それだけ、雷蔵を前にすると自然と心が動かされたのだ。住所と電話番号を彼に伝え、千聖は席を立った。

「では、土曜日の十時少し前に伺います」

「うん。待ってるよ。あ、表の募集は一旦剥《は》がしておくね。どうか前向きに考えておいて」

「……はい」

穏やかに笑う雷蔵に一度深くお辞儀をして、千聖は店から自宅へと戻った。


「ただいまー」

誰もいないアパートの部屋に、ひとり帰宅を知らせ、玄関の扉を閉める。千聖の母・麻唯子《まいこ》は、まだ仕事中だ。千聖はベランダに出て洗濯物を取り込み、ふたり分のそれらを慣れた手つきで畳み始める。

この習慣は、もう十年以上続けてきている。小学校低学年の頃は身長が足りず、台に乗って洗濯物を掴んでいた。炊事はなかなか任せてもらえなかったが、高学年にもなれば、簡単な食事くらいは作れるようになっていた。そうやって、千聖と麻唯子は支え合って生きてきた。

麻唯子が帰ってきたら、アルバイトのことも相談しなければならない。喜んでくれるといいな、と千聖は思った。

千聖はふと、仏壇《ぶつだん》の方へと視線を向けた。そこには父・悟《さとる》の遺影がある。『仕事が忙しい』と言って家庭を顧《かえり》みず、千聖のことも麻唯子に任せきりだった父親だ。家事だって一切手伝わなかったし、亡くなる数ヶ月前には、麻唯子の作った食事がまずいと文句を言っていた。

それどころか、仕事を辞めたことを長い間隠して過ごしており、千聖たちに黙って借金を繰り返していた。悟の通帳に一切触れさせてもらえなかった麻唯子は、それに気付けなかったと言う。

厳格で仕事一筋な悟がなぜ、辞職するに至ったのか。彼は、重篤《じゅうとく》な病気を患っていた。プライドの高い悟は、最後まで家族に見栄を張って、毎日仕事に行っているフリをしていたのだ。詳細な病名については、麻唯子ですら千聖には教えてくれなかったが、なんとなく、これだろうという予想はついている。

自分がいなくなった後、麻唯子と千聖がどれほど苦労するかも考えず、プライドだけは一丁前に守りきった悟に、千聖は今でも嫌悪感を抱いていた。簡単には許せない。遺影を睨みつけつつも、飲食《おんじき》として供えたご飯を下げる。これも、千聖の日課だ。

家族の繋がりは、そう簡単に切れるものではない。麻唯子は悟のことを今でも大切に想っているようなので、千聖も外では父思いの娘を演じているし、悟への文句も控えている。もしも今、悟と話ができるならたっぷりと恨みつらみを言ってやりたいが、そんなことは叶わない。

千聖にできるのは、少しでもいいから、苦労している母の助けになること。楽をさせてあげること。

「私が、頑張らなきゃ」

やっと、働ける年齢になったのだ。千聖は父の仏頂面を前に、決意を新たにした。

第一話　勿忘草の栞

「じゃあ、お母さん。行ってきます」

「行ってらっしゃい。体験してみて、自分に合わないと思ったら、無理に決めなくていいのよ」

約束の土曜日。昨夜遅くに仕事から帰ってきた麻唯子は、朝早くから起きて、千聖のために朝食を作ってくれた。初めてのアルバイトということで、若干気を張っている千聖を元気づけたかったのだろう。今も眠そうな顔をしているのに、千聖を玄関まで見送りに来てくれている。そういう母の想いが、千聖は嬉しかった。

「うん、分かった。お母さんも、今日はゆっくり休んでね」

「ありがとう。気をつけてね」


仕事が休みの麻唯子をアパートの部屋に残し、千聖は雷蔵のいる雑貨店に向けて出発した。

あれから千聖は〝特別な客〟についていろいろと調べてみた。自分のスマートフォンや大学の図書館に設置してあるパソコンを駆使し凡例を集めたのだが、これといって目新しいものは得られなかった。雑貨店に来る特別な客、というのが一般的に認知されていないということだ。どんな仕事でも大丈夫なように心構えをするつもりだったのだが、どんなことが待っているのか余計に分からなくなってしまった。言葉で説明するのが難しいから体験してもらおうという雷蔵の配慮なのだろうが、もしも恐怖体験だったらどうしよう、とより一層不安になっている。

身の安全を保証してもらえるとはいえ、あの時にもう少し詳しい話を聞いておくべきだったと、千聖は後悔していた。だが、時給は極めて魅力的だし、店自体もお洒落《しゃれ》で、可愛いものに囲まれて仕事ができる。それに店長の雷蔵の優しそうでいてどこかミステリアスな雰囲気に千聖は心惹かれた。できることなら、あの雑貨店で働きたいと思っている。

途中で何度か足を止めて戸惑いながらも、千聖は雑貨店に辿り着いた。扉の張り紙は確かに剥《は》がされていて、【CLOSED】のプレートが下がっている。開店日も決まっていないようだったが、今日はお試し開店でもするのだろうか。

「おはようございまーす……」

千聖は扉を開け、まだ薄暗い店内に向かって呼びかけた。すると、雷蔵がすぐにスタッフ控え室から顔を出す。

「ああ、羽根田さん、おはよう。待ってたよ」

「はい。店長、本日はよろしくお願いします」

「うん」

雷蔵は、ドキッとするほど綺麗な笑顔で微笑む。その造作《ぞうさく》に感心しながら、千聖は中へ足を踏み入れた。

　内装は先日とほぼ変わっておらず、もう開店しても問題なさそうに思える。アルバイトの人員を確保できてから、という雷蔵の考えなのかもしれない。千聖は控え室に入り、ロッカーをひとつ借りて中に鞄を置いた。

「あの、制服とかはないんでしょうか？」

「平日はエプロンと名札を着けてもらうんだけど、土日は私服のままでいいよ」

「……はい。えっと、分かりました……」

　それは、土日は接客をしない、ということだろうか。千聖はこの先に待ち受けていることの予測ができず、いよいよ緊張してきた。雷蔵を信じてみたはいいものの、果たして本当に、ここで働いても問題ないのだろうか。

　しかし、ここで引き返せばあの好条件をみすみす手放すことになる。千聖はまだ逃げてなるものかと、自分を奮い立たせた。

「さて、そろそろ開店準備だ。百聞は一見にしかず。見てもらうのが早いだろうね」

　雷蔵が店内に向かったので、千聖もそれに続いた。雷蔵は照明をつけ、レジを立ち上げたのだが、その一方で電話機からコードを抜いた。これでは、店にかかってきた電話を取ることができない。

　思わぬ行動に千聖が口をぽかんと開けている間に、時計の針は午前十時を指す。

雷蔵が入り口の扉を開け、プレートを【OPEN】に変えた――その瞬間、外の景色がぐにゃりと歪む。

「えっ!?」

見間違いかと思い、千聖は目を擦《こす》った。瞬きして見直しても、窓の外はマーブル状の青紫色になったままだ。道路も、自動車も、街路樹も通行人も、全て消えてしまった。一方で、店の中には変化は見られない。何が起こっているのか分からず、千聖はガクガクと足を震わせた。

「て、店長。どど、どういうことですかっ？　な、なんかっ……外が！」

いよいよ声まで裏返り始める。人は理解できないものを目の当たりにするとこうなってしまうのだなと、千聖は混乱する頭の片隅で思った。千聖の反応に、雷蔵は微笑を浮かべている。

「大丈夫、心配しないで。もうすぐ、ひとり目のお客様が見えるよ」

「え？」

雷蔵が千聖のところに戻ってきてすぐ、そう言った。外がこんな状態で、客が入ってこられるのか甚《はなは》だ疑問なのだが、雷蔵の言葉通り、本当に扉が開いた。

こつこつとブーツの音を鳴らして入ってきたのは、若い女性だ。雷蔵と同じく、二十代半ばくらいだろうか。

艶《つや》やかで真っ直ぐな黒髪を腰まで伸ばし、雪のように白い肌とつぶらな瞳、桃色の唇が千聖の目を奪う。女優やモデルにいてもおかしくないほどの美女だ。白いブラウスと紺色のロングスカートが、彼女によく似合っている。

「いらっしゃいませ」

「あ……い、いらっしゃいませ！」

ぼんやりしているうちに雷蔵が腰を折ったので、千聖は慌てて真似をした。女性はふたりに軽く会釈《えしゃく》をして、訝しげに店内を見渡した。

「あの……ここって？」

なにがなんだか分かっていないのは、千聖だけではなく、彼女ものようだ。

それはそうだ。外はおかしな状態になっているのに、この店だけ普通に営業しているのだから。

「ようこそ、『狭間《はざま》雑貨店』へ。ここは、あなたの未練を解決するお店です」

「未練を、解決……？」

「はい、生前の未練です。あなたが亡くなる前に、なにかしらの後悔や未練を抱いていなければ、この店を見つけることはありません」

千聖は目を大きく見開いて、雷蔵の横顔を凝視した。彼の表情は至って真剣で、冗談を言っている風ではなさそうだ。しかし、〝生前〟〝亡くなる前〟という信じられない言葉が聞こえてきた。

雷蔵の言葉が本当なら、この美しい女性は既に亡くなっているのだ。ならば、彼女は——幽霊や亡霊の類いである、ということになる。

千聖は声にならない悲鳴を上げるかのように、口をぱくぱくと動かした。

「亡くなる前……ああ、そうですよね。私、未だに、自分がどうして死んでしまったのか、分からないんです」

女性は頬に右手を当て、眉を八の字にした。亡くなったことをさらりと認めたので、千聖は更に目をせわしなく左右に動かす。雷蔵はというと、女性の話を疑問に思ったのか、表情が少し曇った。

「分からない、とは？」

「死因、と言うんですか。恋人と一緒にいたことまでは覚えているのですが、気がついたら、この世界を彷徨《さまよ》っていて……」

「なるほど。あ、せっかくですから、こちらでお話を承《うけたまわ》りましょうか」

雷蔵がどんどん話を進めていくので、千聖と客の女性は一瞬顔を見合わせる。それに気付いた雷蔵は「じっくり話しますので、大丈夫ですよ」とふたりを安心させるかのように笑った。

雷蔵が棚のひとつをぐいと押し込むと、それが壁ごと時計回りに動いて、奥に小部

屋が現れた。からくり屋敷のような仕組みがあるとは知らず、千聖がまた唖然《あぜん》として
いる間に、雷蔵と女性客は中にあるテーブルを挟んで、椅子に掛けていた。

「羽根田さんも、こっちへ」

「は、はい……！」

想像を超える事態に腰が抜けるかと思っていたが、千聖の心身はまだまだタフだっ
たらしい。雷蔵に呼ばれると、自然に足が動いた。

千聖が雷蔵の隣に座る間に、彼はあの面接の時のように紙とペンを用意し、女性に
名刺を差し出した。

「店長の鳴神です。そして、こちらはアルバイト体験生の羽根田と言います」

雷蔵の紹介に対し、千聖は再度お辞儀をした。女性も丁寧に会釈を返してくれる。

「まずは、あなたのお名前をお聞かせください」

「はい。尾形知春《おがたちはる》と申します」

「尾形知春様、ですね。尾形さん、とお呼びしてもよろしいですか？」

「どうぞ」

雷蔵の適度に砕けた口調は、知春の緊張を解《ほぐ》していったようだ。知春は静かに息を
吐いて、肩の力を抜いた。

「まず、この店についてご説明しますね。この店は、黄泉《よみ》でも現世《うつしよ》でもない、その狭

間の世界にあります」

「狭間の世界……？」

「はい。この世界では、現世に未練をもつ死者の魂が、黄泉に行けないまま数多く彷徨っているんです。尾形さんはそのうちのひとり、ということになります」

知春が店に入ってきた時、確かに雷蔵は、ここが〝狭間雑貨店〟だと言った。その意味はこれだったのだ。外の景色が絵の具を数色混ぜたような感じになっているのは、その狭間世界にあるからなのか。

だがそれでも、現実にはありえないことが起こっているのだ。にわかには信じがたい。千聖も知春と一緒になって、よく分からないが理解しようと真剣に雷蔵の話を聞いていた。

「狭間の世界には、時の流れというものが存在しません。ですから、尾形さんにとっては昨日のことのように感じても、それは何年も前の出来事である可能性もあります」

「はい……えっ、ということは。私が死んでから、時間が経っているかもしれないってことでしょうか？」

「そうなります」

知春は数回瞬きした後、言われたことを後から咀嚼《そしゃく》したようで、ゆっくりと頷いた。取り乱す様子もなさそうで、千聖は感心する。千聖は知春が亡くなった人だとは未だに信じられないし、こうして会話ができていること自体、まだ夢かもしれないと心のどこかで思っているのだ。

雷蔵は知春を優しい眼差しで見守りながら、口を開いた。

「亡くなった当時のご年齢と、西暦や日付は分かりますか？」

「三十六歳でした。二〇〇九年の十二月二十四日だったことまでは覚えています」

「……それなら、十年前のクリスマスイブ、ですね」

雷蔵が口にした年数に、知春は動揺を見せた。十年も狭間の世界を彷徨っていたとは、本人も自覚していなかったようだ。千聖もぎょっとした。

「じ、十年？　もう、そんなに経つんですか？」

「はい」

今は二〇一九年の四月。生きていれば、知春は三十六歳になる。千聖は依然として目の前の状況が信じられずにいるのだが、知春は数回に分けて頷き、真摯《しんし》に受け止めている様子だった。

「もう一度、覚えている範囲で構わないので、その日なにをしていたか教えてもらえますか？　さっき、恋人と一緒にいたと仰っていたかと」

「えっと……。その日は、恋人とレストランで食事をしていたんです。それで、食べ終わって……店を、出たのかしら？」

知春は首を傾げ、考え込んでしまった。

「そのあたりから、記憶が曖昧ですか？」

「はい、ごめんなさい。どうして覚えていないんでしょう」

「謝らなくていいですよ。焦らず、一緒に思い出しましょう」

落ち込む知春に、雷蔵はそう声を掛けた。知春の気持ちに寄り添うように丁寧に聞き取りを進める雷蔵の姿が千聖の胸を打つ。雷蔵はメモを取りながら、また口を開いた。

「恋人について、伺ってもいいですか？　名前とか、性格とか」

「はい。彼の名前は境《さかい》信一《しんいち》と言います。私と同じ職場の先輩で、当時二十八歳でした。とても優しくて、思いやりのある人で……。私は、結婚するならこの人しかいないって、思っていました」

話しながら、知春の瞳に涙の膜ができる。彼との将来を考えていたのに、急に引き離されてしまったのだ。無理もない。

「それなら、尾形さんの未練、というのは……？」

千聖はだいたいの予想がついた。雷蔵もきっと分かってはいるが、知春が話してくれるのを待っている。

「私がどうして死ぬことになったのか、その理由を知りたいです。それで、できれば信一さんに……感謝の気持ちを伝えたい。でも、十年も経っていれば、新しい恋人ができて……もしかしたら、結婚もして、幸せな家庭を作っているかもしれませんね」

知春は声の調子を萎《しぼ》ませ、悲しそうに目を伏せた。それを見ていた千聖の胸も、きりりと痛む。彼女の死因がどうであれ、こんなにも恋人を想っていたというのに、このままでは彼女の気持ちは報われないのだ。

千聖は、白い服を着て静かに横たわる悟の姿を思い出した。あの時は、悲しみと怒りが同時に込み上げてきて、涙が止まらなかったものだ。彼と対照的な黒い服を纏《まと》った千聖と麻唯子は、強く抱き合って、ふたりで生きていく決意を固めた。あの時、悟の魂はどこにあったのだろうか。既に黄泉に召されていたのか。

大きくなった千聖や、年を取った麻唯子を見て、悟はどう思うだろう。少しは後悔するのだろうか。千聖は目を泳がせながら、想いを馳《は》せていた。

「では尾形さんのご依頼は、死因の究明と、元恋人の境信一さんに想いを伝えること、ですね」

雷蔵の言葉で、千聖はふと考える。一体どうやって知春の願いを叶えようとしているのだろう。

「……はい。あの、私、勢いに任せて話してしまったんですけど、本当に叶えていただけるんでしょうか？」

知春は、千聖の心を代弁するかのように、雷蔵に質問した。

「もちろんです。それが当店の役割ですから。ただ、ひとつだけ条件があります」

「条件？」

雷蔵はにこにこしながら、右手の人差し指を立てた。

「この店の中から一点、尾形さんの願いを叶えるために必要だと思う商品を、購入していただきます」

予想外の条件に、千聖も知春も呆気に取られた。ただ、千聖には、たったそんなことで叶えてもらえるのか、という驚嘆《きょうたん》が含まれていたが。

「ええっ！　購入って言われましても、私お金なんて持ってな……あれ？」

知春がスカートのポケットを探った時だった。チャリ、と金属どうしの擦れる音がして、いくらかの硬貨が出てきた。中には五百円玉もある。雷蔵はそれを見越していたかのように、微笑みながら頷いた。

「いつの間に……私、小銭なんて入れていたかしら？」

「これは、必然なんです。生前、あなたは無意識のうちに、そのポケットにお金を入れたんでしょう」

「そう、なんですね……。十年も気付かないなんて、私、すっごく間抜けですね」

知春が苦笑する。雷蔵はゆっくりと首を横に振った。千聖も雷蔵と同じ意見だ。まるで、知春の願いを叶えるために小銭が入っていてくれたように思えて、心が和んだ。

雷蔵と知春のやりとりを聞き、ようやく千聖の中で点が線になっていく。

現世に未練のある霊の願いを叶えてあげるために、この店は存在する。ぶっ飛んでいる現象であることに違いはないが、それはまず確実だ。未だ完全には理解できていないが、そういうことになる。

「それなら、願いを叶えられたら、私はもうこの世界から離れられるということですか？」

「そうです。黄泉で心安らかに過ごせます」

「よかった……ずっとひとりで、不安だったから……」

知春の目から、遂に涙が零《こぼ》れる。自身の命が絶たれた覚えがなく、この世界に来てそれを認識するなんて、この上ない絶望と孤独感に苛《さいな》まれただろう。さめざめと泣くのを見ていられず、千聖は彼女に近づき、その揺れる肩に優しく触れた。雷蔵が千聖に目配せして、「ありがとう」と伝えてくれている。

「では、どのようにして尾形さんの願いを叶えるかについてお話ししたいのですが、続けても大丈夫ですか？」

知春が落ち着くのを待って、雷蔵はそう声を掛けた。

「……はい。お願いします」

知春は涙を拭い、寄り添う千聖を見上げて、微笑んだ。もう大丈夫だという合図に、千聖もほっとする。

「まず、我々と一緒に現世に行っていただきます。そこで尾形さんに情報をもらいながら、元恋人の境信一さんを探します。あなたの死因については、恐らく彼が知っているでしょう」

「……あ、会えるんですか!? 信一さんに!? それなら、私の家族にも会いに行けますか!?」

喜びと興奮のあまり、知春は椅子から立ち上がった。それくらいの反応は雷蔵も予想していたらしく、彼女を落ち着かせるように左右の手のひらを前に出している。

「ただし、我々以外の現世の人たちからは、あなたの姿は見えません。我々があなたの代弁者となって、境さんに想いを伝えます。それと、あなたを現世に連れて行けるのは、十二時間だけです。境さんにもお会いして、その後ご家族までというのは、時間的に無理があると思われます」

「あ……そ、そうですよね。失礼しました……」

「……いえ。これが僕の力の限界です。ご期待に添えず、申し訳ございません」

このような不思議な店をつくった雷蔵でも、そこは万能ではないということだった。

しかし千聖にとって、それは雷蔵なりの一線のように思えた。彼らの希望をなんでもかんでも聞いていたら、現世に戻れるのをいいことに、やりたい放題してしまう亡《ぼう》魂《こん》が出てくる。だから、ルールを設けているのかもしれない。

いずれ詳しく聞いてみようと考えつつ、千聖は知春に椅子に戻るように促した。彼女は黒髪をさらりと耳に掛け、深く息を吐き出す。興奮した気を静めようとしているようだ。

「境さんではなく、ご家族の方に会いに行くという選択肢もありますが、どうしますか？」

「……いえ。やはり一番会いたいのは、信一さんです。一緒に食事をしていたはずなのに、私が死んでしまって、伝えられていないことがあるんです。家族は、私のことを普段からよく理解してくれていましたから。きっと、私のこの気持ちも分かってくれるはずです」

雷蔵の問いに、知春ははっきりと言いきった。家族との信頼関係が築けていた証拠だ。羨ましくもある一方で、彼女が家族よりも元恋人を選んだことに、千聖は切ない気持ちになった。父の悟は、千聖と麻唯子よりも自分のプライドを選んだというのに。

もしかしたら悟も、「麻唯子と千聖なら分かってくれる」なんて思っていたのだろうか。そうであったなら、千聖は心の底から悟を軽蔑《けいべつ》する。今は確かめようもないが、悟が現世に未練を残していなければ、ここに現れることはないだろう。

仮に、悟がここに来たとして。千聖は平常心でいられるだろうか。彼がどんな弁解をしようとも、許せる気がしなかった。

「それでは、話を先に進めさせていただいて、よろしいですか？」

「はい」

それから、雷蔵は知春から、生前住んでいた地域や会社について聞き出した。その遠さに、千聖はぎょっとする。

「H県K市なら、ここから新幹線を使って、片道三時間以上ってところかな」

「それって、十二時間のうち、六時間は最低でも移動で使うってことですよね？」

十年も経っていれば、境信一は転職したり、引っ越したりしている可能性がある。短時間で、見つけられるのだろうか。心配する千聖をよそに、雷蔵は首を横に振った。

「いいや。店を出て現世に戻った瞬間から、尾形さんの望みを叶えるまでを十二時間以内に済ませれば問題ないよ。移動で使うのは片道の三時間だから、向こうに着いてから約九時間だね」

「でも、そんなに簡単に達成できますか？」

「そこは僕たちの腕の見せ所かな。あまりにも遅くなりそうだったら、羽根田さんは先にこっちに帰すから」

「は、はいっ」

知春に不信感を与えないようにするためなのか、雷蔵は自信たっぷりにそう言った。はったりだとしても、今までの経験や実績があるからこそ、そう言えるのだろう。千聖もそれ以上疑うのは無駄に思えて、彼を信じて返事した。

「尾形さん、最後に確認します」

雷蔵が知春に向き直り、声をやや低く落として、ゆっくりと問いかける。

「はい」

「あなたが仰っていた通り、境さんにお会いできたとしても、彼は既に新たな相手と結ばれている可能性があります。死因も、受け入れがたいものかもしれません。その覚悟はできていますか?」

しん、と場が静まり返った。雷蔵は真っ直ぐに知春を見据えている。千聖がハラハラしながらふたりを見守っていると、知春は唇を結んで深く頷いた。

「……はい、大丈夫です。死因がどうであれ、私ではもう、彼を幸せにすることはできないので。むしろ、過去に縛られずにいてくれたら、とすら思います」

「そうでしたか。承知しました」

知春はしんみりと微笑んだ。口ではそう言っても、心は実際、自分を忘れないでいてほしいだろう。千聖はまだそういう恋をしたことはないが、きっとそう思うに違いない。

「でしたら、商品を一点選んでいただいて、出発しましょう」

「……えっ。今日、今すぐですか!?」

「うん、そうだよ？」

雷蔵の言葉に驚いたのは、千聖だけだった。雷蔵と知春は既にそのつもりのようだ。千聖が話をきちんと聞いていなかったのだろうか。

「尾形さんが一度この店を出てしまったら、次はいつやってこられるか分からない。なにしろ、狭間世界だからね。店の場所が不確定なんだ」

「そ、そうなんですね……」

狭間世界とは理解が厄介なもののようだ。千聖が難しい顔をして頷くと、雷蔵は立ち上がり、店内へと知春を誘った。千聖もそれについていく。

「素敵なものが多いんですね。どれだったら買えるかしら。選んだものって、信一さんへのプレゼントにしてもいいんですよね？」

「はい。もちろんです。尾形さんが必要だと思うもの、いいなと思うものにしてください」

陳列された商品を見ながら、知春がポケットから小銭を取り出した。男性向けのタイピンやハンカチは気になるようだが、持ち合わせの金額では足りず、次々と手に取っては諦めて棚に戻している。

「境さんのご趣味とか、お好きなものはありますか？　僕にもお手伝いできるかもしれません」

迷っている知春に、雷蔵がそう問いかけた。商品のことを知り尽くしている雷蔵だからこそ、提案できることもあるのだろう。知春は記憶を手繰《たぐ》り寄せるように視線を宙に浮かべた。

「時間があれば本を読んでいる、読書が好きな人でした。多分ですけど、それは今でも変わっていないと思います」

「なるほど。でしたら、こちらなんかはどうですか？」

「押し花の栞？　あら、綺麗……」

雷蔵が渡したのは、ラミネート加工された栞がいくつか入った籠だ。知春はその中から一枚、アクアブルーの小さな花が散りばめられているものを手に取った。デザインが少々可愛らしすぎる気もするが、知春が選んでくれたと知った信一なら、喜んで使ってくれるだろう。価格も五百円と、良心的だ。

「これにします。高価なものでなくて、信一さんに申し訳ないけれど」

「大事なのは、金額じゃないと思います。境さんなら、分かってくださるんじゃないでしょうか？」

「え？」

「あ、生意気なことを言いました。すみません……」

つい、思っていることが口をついて出た。千聖の突然の言葉に、知春は目を丸くしたが、すぐに「そうですね」と言って、笑窪《えくぼ》を作ってくれた。本当に綺麗な人だと、千聖は思う。それは外見だけではなくて、心もだ。

こんなにも思いやりに溢《あふ》れた誠実な女性が、なぜ亡くならなければならなかったのか。その理由を、千聖も知りたいと思った。

「では、ラッピングしましょうか。どうぞこちらへ。羽根田さん、手伝ってもらえる？」

「はい！」

雷蔵と知春はレジカウンター内に入る。雷蔵はレジを操作し、知春は半透明の袋を選んで丁寧に栞を包んだ。押し花に合わせて水色のリボンを付けて手渡すと、知春がそれを嬉しそうにそっと胸に抱く。

「ありがとうございます」

「こちらこそお買い上げありがとうございます。準備も整いましたし、出発しましょうか」

雷蔵が入り口の扉から外に出て、プレートを【CLOSED】に変えた。その瞬間、マーブル状だった景色がみるみるうちに形を取り戻していく。

「あ……元に戻った……」

千聖が呟《つぶや》くと、それを聞いていた雷蔵が笑顔で頷いた。狭間の世界から現実に帰ってきたらしい。見覚えのある景色に千聖が安心していると、知春のきょとんとした顔が視界に入ってくる。

店内にいる知春は、その姿がはっきりと見えている。しかし雷蔵曰《いわ》く、周囲からは彼女の姿を見ることができないようなので、千聖は彼女から再度プレゼントの袋を預かった。袋だけが空中を浮いていると、それこそ町の人々に混乱をもたらしかねない。

非現実的な現象を目の前にしているにも関わらず、千聖は自分でも驚くほどに落ち着いていた。知春は幽霊なのに、恐怖は一切感じない。それは、幽霊としてのイメージにありがちな、おどろおどろしい雰囲気を知春が持っていないからだろう。この状況をきちんと把握している雷蔵が、傍《かたわら》にいてくれるという安心感も、一役買っているようだ。

「羽根田さん、店はもう閉めるし、戻ってこないから。鞄を取っておいで」

「あ、はい！」

土曜日といえば世間では学校や仕事が休みになる人も多く、一般には稼ぎ時だと思われるのだが、雷蔵はもう店を閉めるのだと言う。千聖が鞄を手に戻ってくると、知春が千聖の疑問をそのまま雷蔵にぶつけてくれた。

「お店は、営業しなくて大丈夫ですか？　もしかして、私のせいで閉めなきゃいけない、とか？」

「いいえ、大丈夫です。土日はこうして、狭間世界で開店すると最初から決めているんです。まあ、単に人手が不足しているというのもあるんですけど……」

知春の質問に答えながら、雷蔵がちらっと千聖を見遣《みや》る。それだけで、千聖は雷蔵の思惑が分かってしまった。

雷蔵が店を離れている間、店番を任せられる人員を探していたわけだ。今日のところは不慣れな千聖を店に残すわけにはいかないので、一緒に連れて行くということだろう。また、この不可思議な店の役割を千聖に理解してもらうためにも、体験が必要だったのだ。千聖はそういう風に理解した。

それに、千聖は知春の行く末が知りたかった。彼女の希望が無事に叶えられるのか、気になって仕方がない。連れて行ってもらえて幸運だとすら思う。

三人は外に出て、新幹線の停車駅に向かうべくタクシーへと乗り込む。千聖の心臓が、「いよいよだ」とでも言いたげに、早く脈打ち始めた。

窓の外の景色が、高速で流れていく。静まり返る新幹線の車内で沈黙を破ることに抵抗を覚えつつも、千聖は堪えきれずに話の口火を切った。

「店長って、一体何者なんですか？」

大人ふたり分の切符を支払い、千聖と雷蔵は向き合って座っていた。周囲からは分からないが、千聖の隣には知春がいる。知春も千聖と同じことを思っていたようで、賛同するように頷いてくれた。

「失礼ですが、普通の人間ではない……ですよね？」

千聖の問いに、雷蔵は曖昧に笑って頷く。

「うん、そうだね。迷える魂を成仏させる手伝いをしてる……とだけ、今は言っておこうかな」

「それはもちろん、分かってます。どうして、そういうことができるのかとか、なんの目的があって狭間の世界の人たちを救おうとしているのかとか。いろいろ、気になるんです」

「羽根田さん、最初から情報を詰め込みすぎるのもよくないよ。それに今日、君はアルバイトのお試し体験中だし」

それはつまり、今後店に関わらないかもしれない人間に、雷蔵の正体や雑貨店の核心まで教えることはできない、ということだ。千聖自身も、アルバイトを続けるかどうかは決めかねている。この場では聞き入れざるを得ない。千聖は唇を尖《とが》らせ、しぶしぶと引き下がった。

「ん？　知りたい？」

　隣で、知春がくすくすと笑う。彼女の声は千聖と雷蔵にしか聞こえていないので、知春は近くの席に他の乗客がいないことを確認してから、ふたりに話しかけた。

「店長さんと羽根田さんは、とっても相性がよさそうですね」

「えっ？　そう、見えますか？」

「はい。おふたりとも、優しい人柄が滲《にじ》み出ていて……。信一さんも、おふたりの言葉ならきっと信じてくれると思います」

　千聖は単純に嬉しかった。知春とは知り合ってまだほんの少しだ。普通ならそう簡単に信じられるものではない。千聖は、彼女のために全力を尽くしたいと思った。

「尾形さん。久しぶりの現実世界って、どうですか？　変な感じしますか？」

　今度は千聖から知春に話しかけてみた。知春は窓の外を見つめ、そわそわと両足を動かしている。

「……そうですね。本当の意味で、地に足が着いていないってこういうことなんだって思います。現地に着いたら、十年前とは変わっていて、もっとびっくりするかもしれません」

「なるほど」

「信一さん……元気でいてくれたらいいなあ」

　その言葉に、千聖と雷蔵は目を見合わせた。彼女の願いを叶えるには、境信一が健在であること、それが大前提だ。過去に、離れ離れになった友人や家族を探すテレビ番組を見たことがあるが、相手が病気療養中だったり、既に亡くなっていたりする場合もあった。

これはかりは、きっと大丈夫だと祈るしかない。千聖は知春の手を取り、彼女の膝の上でそっと握った。彼女が本当にそこに存在するかのように、その手は細くて温かかった。

新幹線と地下鉄、バスを乗り継いで、H県K市に着いたのが午後二時。昼食に新幹線内で弁当を買って食べたので、歩いての情報収集に向けて体力は万全の状態だ。知春は空腹にならないらしいのだが、千聖と雷蔵の食べるところを羨ましそうに見ていたので、千聖は少々罪悪感を覚えた。

「さっき店長さんを見ていて思ったんですけど、信一さんもご飯はよく食べる人で。好き嫌いがなくて、なんでも美味しそうに食べていたんです」

「そうだったんですね」

歩いて移動しながら、知春からそんな話を聞いた。じっと見ていたのは、自分が食べたかったからではなく、信一を思い浮かべて懐かしんでいたからなのかもしれない。知春は嬉しそうに続けた。

「私、食べるのに時間が掛かる方なんですけど、信一さんはいつも私にペースを合わせてくれました。私が謝ると、『一緒に食事するのが楽しいから全然気にしてない』って言ってくれて……」

「……本当に優しい方なんですね」

「はい。自慢の恋人だったんです」

その過去形が妙に切なくて、千聖は黙ってしまった。知春は思い出を噛みしめているように見える。

「尾形さんと境さんは、元々ここのご出身なんですか？」

千聖は他の話題がほしくなって、なんとなくそう聞いてみた。知春は「あっ」と、何かを思い出したように、手を叩く。

「信一さんはこっちの出身なんです。でも、私は雑貨店のあった町が地元です。住んでいたのはかなり幼い頃になるんですが、町並みに見覚えがあって……なんでかなって考えていたら、さっき思い出しました」

「えっ、そうなんですか？」

「はい。学生時代は両親の仕事の都合で引っ越しが多かったので、就職を機にここへ越してきて、ようやく落ち着いた形です」

なんという偶然だろうか。確率で表現するのは難しいけれど、奇跡にも近いものではないかと、千聖は思った。同意を求めるように雷蔵を見るが、彼はたいして驚いた様子はない。千聖が疑問符を浮かべた直後、雷蔵はある建物を指さした。

とあるIT系企業の会社が入っているビルだ。知春と信一が勤めていたという職場である。目的地に到着したらしい。いよいよ、信一に会えるかもしれないと、千聖は表情を引き締めた。

しかし、今日は土曜日。その会社は休業日ということで、受付で入場を断られてしまった。やはり、最初からそう易々《やすやす》とうまくいくものではない。

ただひとつ、釣果《ちょうか》があった。受付の女性に調べてもらったところ、境信一はまだここに勤めている。それも、昇進して課長となっているらしい。

「よかった……。信一さん、頑張っているんですね。それにこの雰囲気、懐かしいです。この辺り一帯は全然変わってない。次は、信一さんが住んでいたアパートに行ってみましょうか」

知春が建物内外を見回しながら、郷愁《きょうしゅう》たっぷりに呟いた。そこに焦りは見られない。信一がまだ同じ会社に勤めていると分かり、彼が必ず見つかるという希望が湧いたのだろう。一行は会社を後にして、道案内をしてくれる知春についていくことにした。

最寄り駅から地下鉄で二駅分移動し、十年前に信一が住んでいて、知春がよく通っていたという住宅街へとやってきた。

しかしながら、ここでも信一の手がかりは得られなかった。なぜなら、信一の住んでいたアパートは老朽化のため取り壊され、その敷地はまっさらな売り地と化していたからだ。空っぽの砂地を見て、知春は明らかに肩を落としている。

「あの時、既に築四十年だったはずですし……しょうがないですね」

「尾形さん……」

これでは、知春が信一に会う前に時間切れになってしまう。他に手はないのかと、千聖は考えを巡らせた。だが、地道な方法しか思いつかない。

「どうしましょうか、店長？」

「とにかく、おふたりの思い出の場所でも何でも、聞き込みをしながら訪ねてみるしかないね。職場が変わっていないなら、まだこの近辺に住んでいる可能性が高いし」

「……分かりました。とにかく、急ぎましょう！」

雷蔵の提案に、千聖は頷いた。急がなければ、間に合わなくなってしまう。はやる気持ちを抑えながら、千聖と雷蔵は二手に分かれて聞き込みをすることにした。アパートの跡地周辺を千聖が、雷蔵と知春は信一の行きそうな場所をあたる。

そうして、二時間以上は歩き回って探しただろうか。時刻は午後五時を回った。焦るばかりではいけないと思い、少し休憩を取ろうと千聖が通りかかった公園のベンチに腰掛けた時、千聖のスマートフォンが電話の着信を告げた。知春と共に行動している雷蔵からだ。新幹線で移動している間に、連絡先を交換しておいたのだ。

「はい、もしもし」

『もしもし、羽根田さん？　境さんの住んでいるマンションが分かったよ。ちょうど隣に住んでいるっていう人に巡り会った』

「ほ、本当ですか⁉」

『うん。地図を送るから、こっちに合流してくれる？　今は不在みたい』

「はい！」

一筋の希望の光が見えてきた。千聖はベンチから跳ね上がり、雷蔵からメッセージで送られてきた地図を頼りにして目的のマンションへと向かう。歩きながら、千聖はふと疑問を浮かべる。

――あまりにも運がよすぎる。店長って、そういう力も〝持っている〟のでは？

人の縁を引きつけるような、雷蔵の強運。もしかしたら偶然かもしれないが、なぜか千聖にはそれが特別なことに思えてならない。雷蔵は全てを見越していて、あれほど落ち着き払っていたのではないだろうか。

とにもかくにも、マンションさえ分かれば、あとは信一の帰宅を待つだけだ。遠出でもしていない限りは、もうすぐ会えるだろう。千聖はひとり、期待に胸を膨らませて微笑んだ。

　午後八時。千聖の胃が空腹を告げるが、信一はまだマンションに帰ってこない。もしかすると、小旅行や実家の方に出ていて、今日は帰ってこないのではないか。そういうことも考えられてしまい、千聖はじっとしていられなくなってきた。

「羽根田さん、先に帰る？　ご両親が心配するよね。プレゼントなら僕が預かるよ」

　千聖が小刻みに動いている原因を、早く帰りたいのだと勘違いした雷蔵がそう提案してきた。千聖は、とんでもないと強く首を横に振る。

「いいえ！　ここまできたら、私も見届けたいです！」

「でも、さすがに店の営業時間をとっくにすぎても帰ってこないとなると、きっとものすごく心配されるよ？」

「大丈夫です。友達の家に呼ばれたってことにして、親には連絡するので」

「……ばれた時が怖いんだよなあ」

　雷蔵の苦笑いをよそに、千聖は母の麻唯子に向けてメールを送った。夕食も既に準備してくれていただろう。千聖の【ごめんなさい。遅くなります】という言葉に対し、麻唯子は嫌味ひとつ言わず、【分かりました。気をつけて帰ってきてね】と優しい返事を送ってきた。千聖の良心が痛む。嘘をつくのはこんなにも後ろめたいのだ。悟にも、千聖たちに嘘をついているという自責の念はあったのだろうか。こんな時でも、千聖の頭に浮かぶのは父の顔だ。

だが今は、知春と信一のことに集中しなくてはならない。帰るのは日付が変わる頃になるかもしれないが、今日だけは許してほしい。千聖は心の中で母に何度も頭を下げ、引き続きマンションの入り口近くで信一を待った。

「……あ！」

「どうしました？」

「今日って、四月何日ですか!?」

突然、知春が大声を上げた。信一が帰ってきたのかと思いきや、聞いてきたのは日付だ。千聖と雷蔵は目をぱちくりさせながらも、四月二十日だと教えた。

「あぁっ……！　誕生日です、私の」

「ええっ！」

「羽根田さん、しーっ。声を抑えて」

千聖は慌てて口元を押さえた。誰もいない空中に向かって叫ぶ姿は、幸い誰にも見られていなかったらしい。

今日が知春の誕生日となれば、信一は何らかの行動を起こしているかもしれない。

「あの、できれば……レストランに行ってみてもいいですか？」

「最後に食事をしていたっていう、レストランですか？」

雷蔵の問いに、知春は徐《おもむろ》に頷いた。

「はい。信一さんはそこにいる気がするんです」

千聖と雷蔵は、本日何度目かになる目配せを経て、了承した。知春がそう言うのだ。可能性は高い。

「もしもすれ違って、境さんがに帰ってきたことを想定して、僕か羽根田さんのどちらかがここに残ります。レストランには、どちらを連れて行きますか？」

「……でしたら、羽根田さんでお願いします。女性の方が、信一さんには警戒されにくいと思いますし」

てっきり雷蔵が指名されると思っていた千聖は、目を白黒させた。雷蔵が「任せていい？」と確認してくるので、なんとか頷く。

「わ、わわ、分かりました！」

「落ち着いて。体験初日から大役を任せることになってしまったけど、彼の人柄だと、君の話もちゃんと聞いてくれそうだし、ゆっくり順を追って話せば大丈夫だよ」

「はい！　精一杯努めてきます！」

「よろしくね。無事に境さんを見つけたら、僕に連絡もお願い。すぐに向かうから」

知春の想いを代わりに伝える。重大な仕事だ。鞄の中にあるラッピング袋を確認し、千聖は知春と共にレストランに向かうことにした。

目的のレストランは、信一の会社が入っているビルの近くにあった。オフィス街の大きい通りを曲がって奥に進み、人通りの少ない路地に入る。少し進むとこぢんまりとした洋風レストランが見えてくる。

知春は、窓の外から、堂々と立ったまま中を覗き込んでいる。一方で千聖は、植え込みに隠れて窓の外からこっそりと様子を窺《うかが》った。傍《はた》から見れば、思いきり怪しい人の状態だ。

「あっ、いました！」

「えっ、どの方ですか？」

「奥の壁側から二番目の、白いシャツに灰色のネクタイを着けている人です」

知春の説明を頼りに視線を動かすと、確かに三十代後半と思われる男性が座っていた。スーツとネクタイ姿で銀縁の眼鏡を掛け、黒髪をさっぱりと整えている。料理を運んできた店員にも頭を下げて謙虚《けんきょ》に対応し、目元に浮かぶ笑みからは優しそうで実直な雰囲気が伝わってくる。

「信一さん……やっぱりちょっと、老けたわね。でも、優しい感じは全然変わってない……」

「そう、なんですね」

知春は涙ぐみながら、彼の様子を見守っている。千聖は雷蔵に無事信一を発見した旨のメッセージを送り、再度彼の座るテーブルを見つめた。そこにはふたり分の料理が載せられ、向かい側には椅子も用意されている。信一は、今の恋人か結婚相手を待っているのだろうか。はたまた、別の誰かなのだろうか。

誰かを待っている様子に千聖はがっかりしていたのだが、次の瞬間、信一は前菜らしき料理を食べ始めてしまった。

こういったお洒落なレストランでは、相手が揃うまで待つものではないのか。テーブルマナーなど心得のない千聖には分からなかったが、信一があまりにもぱくぱくと食べ進めるので疑問に思い始めた。

「えっ、どうして食べちゃったんでしょう……あっ！」

そして遂に、次の料理が出てきたタイミングで、信一の空になった皿と、向かいの手をつけられていない料理が、一緒に下げられたのだ。これは、と千聖が思った瞬間。

「信一さん、もしかして……」

隣で知春が息を呑《の》む。考えていることは、千聖と同じようだ。

「はい。きっと、尾形さんが目の前にいるつもりで、食事をしていると思います」

千聖の目にもじわりと涙が浮かぶ。

彼は十年経った今でも、知春のことを忘れていない。知春が信一との食事の時間を大切に思っていたように、彼にとってもまた、大切な時間だったのだ。

だから、こうして彼なりの方法で彼女を弔《とむら》いながら、この世に生まれてきたことを祝おうとしている。

「うう……うっ……」

「……尾形さん」

知春は外壁にもたれながら、泣き崩れてしまった。つられて、千聖まで本格的に泣いてしまいそうだ。

雷蔵からは、こちらに向かっていると返信があった。だが、もう時間があまりないので、できれば予定通り千聖に接触してほしいとのことだ。うまく説明ができるか些《いささ》か不安ではあるが、千聖は胸を叩いて自分を鼓舞《こぶ》した。

「尾形さん……私、行きますね。境さんに声を掛けます。一緒に来てくれますか？」

「……は、いっ」

知春は涙を拭いながらどうにか立ち上がり、千聖のあとについてレストランの入り口へとやってきた。来店を告げるベルの上品な音が鳴り、スタッフが千聖の元へとやってくる。

「いらっしゃいませ。ご予約のお名前を伺ってもよろしいでしょうか？」

「あの、ここって、予約制ですか？」

「はい。座席が限られておりますので、完全予約制となっております。ご予約はされていない……と？」

「そうです。でも、ここに境信一さんという方がいらっしゃるはずなんです。彼とどうしてもお話がしたいのですが……。通していただけないでしょうか？」

スタッフが困ったように苦い笑みを浮かべる。頭のおかしい客が来てしまったとでも思っているのかもしれない。

「ええと……お客様の個人情報はお教えできない決まりでして。申し訳ありません」

「そこを、なんとかお願いします！　時間がないんです！」

「私に言われましても……」

これまで、こうして他人に頼み込んだことがあっただろうか。どうやったら通してもらえるのか、経験のない千聖には分からない。交渉術に長けている人を、今すぐにでも呼びたい気分だった。訝しげな視線を向けてくるスタッフを前に必死に悩んでいると、知春の名前を出せばいいのではないかと、千聖は思いつく。

「でしたら『尾形知春さんのことでお話に来ました』と、それだけでも境さんにお伝えいただけませんか？」

その時、知春の名前を聞いたスタッフの顔色が変わった。知春が亡くなって以降、信一がずっとこのレストランを利用しているのであれば、彼らがその名前を知っていてもおかしくはない。数秒間ぽかんとしていたスタッフは、我に返ったように頭を下げてテーブル席の方へと向かった。そしてすぐに戻ってくる。

「境様が、ぜひともお話をお聞きになりたいそうです。どうぞ、こちらへ」

「あ……ありがとうございます」

この店のスタッフには、信一と千聖の関係性など全く予想もつかないだろう。じろじろと観察こそされたが、千聖は真っ直ぐに信一を見据えて近づいた。信一は千聖を見て、戸惑いがちに立ち上がってあいさつをする。

「ええと、僕が境信一です。知春とお知り合いの方ですか？」

「はい。羽根田千聖と申します」

「どうぞ、そこに掛けてください」

信一はふんわりと微笑んで向かいの席を指したが、千聖は気が引けてしまい座れなかった。

見かねた彼はスタッフにお願いして、もうひとつ、予備の椅子を出してもらった。今は、本来座るべきだった知春が信一の向かいに座っている。とても——言葉では表現できないほどに嬉しそうな顔をして、知春は泣いていた。

椅子を出してもらった礼を信一に述べて、千聖は椅子に掛けた。信一は「いえ、こちらこそ」と言った。千聖の遠慮する気持ちを察してすぐに行動ができるあたり、彼の気立てのよさを感じさせる。

「失礼ですが、僕には随分と若い方に見えます。知春とはどういったご関係ですか？」

「あの、正確には知り合ったばかりなんです。尾形さん……いや、知春さんに、とあることを頼まれまして、境さんを探していました」

「知り合ったばかり……え……？　なに、を……？」

　要領を得ない千聖の発言に、信一は笑顔を浮かべたまま硬直した。このままでは冗談を言っていると思われてしまう。千聖は慎重に、彼に信じてもらう方法を考える。

「私は、ただの大学生です。ですが、少し人とは違う力がありまして。この世に未練を持つ人の魂が見えるんです」

　特別な力を持っているのは雷蔵だが、千聖はこの場では彼の代理だ。多少の嘘は仕方ない。信一は、予想通り唖然としている。

「……え、ちょっ……ちょっと待ってください。オカルト系の話は、僕は信じませんよ？　新手の詐欺《さぎ》ですか？」

「違います。現に、このレストランに連れてきてくれたのは、尾形知春さんご本人です。今、ここに座っています。今日は、知春さんの誕生日ですよね？　ここで、お祝いをされていたんですよね？」

　千聖の言葉に、信一は狼狽《うろた》えながら、目の前の座席を見た。彼には、知春の姿が見えない。知春は、「信一さん、私ここにいます……！」と聞こえないながらも訴えている。

「ほ、本当に⁉　あ、いや、でも……そんなことはありえない……」

信一はひどく混乱している。信じたいが、信じられない。そういう葛藤《かっとう》が見える。

千聖だって、今更ここで引き下がれないのだ。もうあと一押しいるだろう。

「知春さんは、ふたりで食事をする時間がとても大切だったと仰っています。食べるのが遅い自分にも、境さんはいつだってペースを合わせてくれたと、嬉しそうに語っていました」

当時の知春の心情は、親《ちか》しい人間しか知り得ない。十年前八歳だった千聖が、どうやって知春からそんな話を聞けるだろうか。信一は、放心したように口を開けていた。

「どうして、そのことを……？」

「ご本人に、さっき直接聞いたからです」

千聖は信じてもらいたい一心で、じっと信一を見つめる。信一も、警戒心を解き始めている。もう少しだと、千聖は緊張感を高めた。

「あの、それで、あなたはなにをしにここへ？」

「知春さんの想いを、あなたにお伝えしにきました。それと、知春さんは、ご自身がどうして亡くなったのかが分かっていません。死因を知りたい、とのことです」

先程、知春と信一しか知らないはずである、ふたりの食事での出来事を千聖が話したため、信一はようやく心を動かしてくれたようだ。その証拠に、表情がやや穏やかなものに変わった。空っぽの座席を見つめながら、「知春……？」と慈《いつく》しむように小声で呼ぶ。知春は何度も頷いて返事をしている。

「……分かりました。あなたのお話を聞かせていただきます」

「あっ……ありがとうございます！」

千聖はそう礼を述べ、隣にいる知春と顔を見合わせ、一緒に喜んだ。それを見ていた信一は、まだ戸惑い気味ではあるものの、知春がそこにいることは信じようとしてくれている。

「でも、死因なんて、聞いて気持ちのいいものではありませんよ……」

「……どうしますか、知春さん？」

千聖はわざと、信一からは姿の見えない知春に向かってそう聞いた。

この際、他の客に気味悪がられようが、どうでもいい。今はとにかく、知春の願いを成就《じょうじゅ》させてやりたいのだ。

「聞きたいです。覚悟はしています」

「覚悟はできているので、聞きたいそうです」

千聖は、知春から聞いたままを伝えた。信一はそれでも半信半疑のようだ。

「……分かりました」

それでも信一は、運ばれてきたばかりのメインディッシュのステーキには手をつけずに、ぽつりぽつりと語り始めた。

十年前の十二月二十四日。クリスマスイブ。その日は信一の誕生日だ。

ふたりは互いの誕生日を、毎年このレストランで祝う約束をしていた。それは、たとえ喧嘩したり、すれ違ったりしていても、『めでたい日はここでちゃんと祝おう』という決まりごとが、ふたりの間にあったから。

当然その日も、仕事帰りにここで落ち合い、楽しい時間を過ごしたそうだ。

信一は、知春からネクタイをプレゼントしてもらった。翌日の仕事に着けていくと約束し、喜びながら食事を終えてレストランを出た。

「あ……！　そこまでは覚えています」

「知春さんが、そこまでは覚えているって仰ってます」

「……そう、でしょうね。知春が亡くなったのは、その後すぐでした」

千聖が知春の言葉を橋渡しした直後、信一はひどく項垂《うなだ》れた。その目が、じわりと潤んでいく。

「全国でニュースにもなりましたが、すぐ近くの大通りで、通り魔事件が発生しました……」

「……え？」

不吉な単語が聞こえ、千聖はその先を覚悟した。考えられるのはもう、ひとつしかない。

「知春は……ナイフを持った犯人に、刺されそうになった僕を庇《かば》って、背中側から、心臓を……」

「わ、分かりました！　辛いことを思い出させてしまい、申し訳ありません……！」

いくらなんでも惨《むご》いと、千聖は信一の言葉を止めた。

千聖の記憶にも、僅かにではあるが十年前にテレビを騒がせた凶悪な通り魔事件のことが残っている。十人近い死傷者が出たはずだ。犯人は『生きていく意味が見いだせなくなった』『誰でもいいから、クリスマスイブに幸せそうにしている奴を道連れにしたかった』などと供述していて、凄まじい嫌悪感を抱いたものだ。

その被害者の中に、知春が含まれていたのだ。ショックを受けていないかと、千聖はハラハラしながら知春を見た。

「刺された……？　私が？」

予想に反して、知春は冷静だった。どうしても覚えがないらしく、首をひねって心配そうに眉を下げながら、信一を見つめている。大切な人を守りたい一心で、咄嗟に行動したのだろう。本人も覚えていないほど、無我夢中だったのかもしれない。

罪のない命を奪った身勝手な犯人が憎くて、千聖は奥歯をぎりっと噛みしめた。こんなこと、あまりにも酷すぎる。

「羽根田さん」

「……はい」

知春が千聖に笑いかけるので、千聖は自分の大切な役目を思い出し、心を奮い立たせた。とにかく時間がないのだ。早く、彼女の想いを伝えなければならない。

「私の言葉を、代わりに信一さんに伝えていただいてもいいでしょうか？」

「もちろんです。境さん、今から、知春さんの言葉をお伝えしますね」

「……はい」

千聖と知春は、同時に深呼吸をした。心が澄《す》んでいき、知春と同調したようにすら感じる。

千聖は、知春の台詞を全てそのままに信一へと伝えることにした。信一は眼鏡の奥の瞳を細めながら、涙をじっと堪えている。

「信一さんが生きていてくれて、本当によかったです。辛いことも話してくれてありがとう。そして、誕生日を祝う約束を、ずっと守ってくれてありがとう」

「知春……本当に、そこにいるんだな？　嘘じゃないんだな？」

「はい。私は死んだ理由が分からず、信一さんに想いを伝えたいという未練を残したまま、ずっとよく分からない世界を彷徨っていました。その願いを叶えるのを、羽根田さんたちが手伝ってくれるということで、お言葉に甘えることにしました」

信一が、知春のいる席に向かって手を伸ばす。知春は、その手にそっと触れた。互いの肌は感じられなくても、どうか心で感じられるようにと、千聖は祈る。

「知らないうちに十年も経ってしまって、びっくりしました。どう足掻《あが》こうと、私はもう、信一さんを……幸せにすることはできません。だからどうか、信一さんなりの幸せを見つけて、生きてほしいと願っています」

聞いたままを口にしながら、これこそが知春の一番伝えたいことだったのだと、千聖は理解した。

心優しい信一が、知春を忘れられずにいることなど、本当は最初から分かっていたのではないか。突然の別れのせいで、〝信一を幸せにする〟ことが成し遂げられなかった。それが、知春の未練だ。

「……知春、僕は……」

「私を忘れないでいてくれたこと、とても、とても嬉しかった……。でもこれじゃ、お店にも迷惑を掛けてしまうから。今日で最後にしてくださいね」

信一の頬に、涙の筋ができている。知春が信一をからかうように、少し茶目っ気を含ませて話しているが、それをうまく再現できているか、千聖は不安だった。

「分かった……。でも、僕も、ひとつだけ後悔していることがある」

千聖が自分の涙を拭いている間に、信一は床のバスケットから鞄を持ち上げ、中から小包を取り出した。包装を解いてしまえば、それがなにかは一目瞭然《いちもくりょうぜん》だった。

上下に開く白い小箱から、ダイヤモンドのあしらわれたシルバーのリングが出てくる。知春は大きく息を吸って口元を手で押さえた。信一は、ずっとそれを大切に持っていたのだ。

「あの日。本当はプロポーズをしようと思って……でも、勇気が出なかった。食事中、いつ切り出そうか迷っている間に、帰ることになって。別れ際に、駅前の噴水広場でならって思ったのに……」

「信一さん……」

「あの後、とてつもなく後悔した。なぜ、早く渡さなかったんだって……知春が亡くなる前に、ふたりで幸せな時間を過ごせていたらって、何度も思った」

信一も、ずっと後悔を引きずってきた。ひとり取り残され、絶望を味わったのだろう。大切な誰かを失う悲しみは、簡単に吹っきれるものではない。

「羽根田さん。これをどうにか、彼女に渡せないものでしょうか？」

「え？　えっと……」

物理的に無理があるようだが、千聖は知春に触れることができる。知春も、ものには触れられるようだ。ならば、千聖が手渡せば、知春が受け取れるのではないか。試してみようと思った瞬間、背後から声がした。

「できますよ」

「店長！」

「遅くなってすみません。この周辺、入り組んでいまして……。羽根田と同じく尾形さんのお手伝いをしている鳴神と申します」

息切れをした雷蔵がやってきた。千聖がほっとしていると、雷蔵は知春と信一、それぞれの肩にそっと触れた。すると、信一が大きく目を見開く。

「知春……！　あ、あの時のままだ……！　本当に知春だ！」

「信一さん！」

何が起こったのか、千聖もすぐには理解できなかった。どう見ても、信一に知春の姿が認識できている。千聖は理由を知りたくて雷蔵を見上げた。

「一時的に、境さんにも〝見える〟ようにしました。特別サービスです」

知春と信一は立ち上がり、強く抱きしめ合った。周囲からは信一がなにもない空中を抱きしめているように見えるので、客たちがひそひそと話し始める。千聖と雷蔵は、その好奇の視線からふたりを守るようにして立った。

「会いたかった……本当に、帰ってきたんだな……」

「信一さん。私を愛してくれて、本当にありがとう。でも、帰ってきたんじゃなくて、もうすぐ天国に行かなければならないの」

「……え？」

どこか残酷にも聞こえる言葉。信一はついさっきまでの会話を思い出したようで、一転して冷静になり、そして悲しそうな表情になった。その表情の変化が切なく、千聖の胸を打つ。

「さっきも言ったでしょう？　どうか、幸せになって。信一さんは、もう立派なおじさんなんだから」

「……そうか。そうだよな」

すると、知春の身体が、少しずつ透け始めた。きっと彼女の願いが満たされかけている証拠なのだろう。千聖は慌てて鞄からラッピング袋を取り出して、いつでも渡せるように準備した。

「境さん、指輪を渡すなら、お早めに」

「あ、はい！」

雷蔵が促してすぐ、信一は指輪を取り出した。

「知春、これをどうか、持って行って。僕の気持ちだ」

「……嬉しい。ありがとう」

「僕の方こそ、渡せて……嬉し、いっ……」

知春が左手を差し出すと、信一は震える手でそっとその薬指に指輪をはめた。サイズもぴったりだ。知春はそれをうっとりと眺めて、涙をたたえた。

「私からも……この指輪には遠く及ばないちっぽけなものだけど。信一さんにプレゼントがあるの」

「……え？」

「これを」

千聖が知春に袋を手渡し、それを知春が信一へと渡す。中から出てきた栞を見て、信一は嗚咽《おえつ》をもらした。

「……ありがとう、知春。僕は、前に進むよ。絶対に……幸せになる」

「うん」

「君のことも覚えている。一生、忘れないから」

「うん……ありがとう。それじゃあ、信一さん。元気でね」

「ああ」

最後に、知春は千聖と雷蔵を振り返る。

「店長さん、羽根田さん、本当にありがとう――これでやっと、私は前に進めます」

知春が天使のような微笑みを浮かべると同時に、彼女の全身が光の粒子となって弾けて消えた。指輪も彼女に同化して、一緒に旅立ったようだ。もう、千聖にもその姿は見えない。

今の今まで知春がいた場所を、信一は呆然と見つめている。

「成仏、した……?」

「うん。ちゃんと天国に行けたよ」

千聖は少しの寂しさも感じつつ、同時にほっとしていた。さっきから気づかないうちに泣いていたようで、頬が濡《ぬ》れている。

「よかった……よかったです」

「羽根田さん、顔が涙でぐちゃぐちゃになってる」

雷蔵はすっとハンカチを差し出してくれた。千聖は厚意《こうい》に感謝しつつ、受け取って涙を拭く。けれど、信一の様子が心配で、千聖はすぐに泣き止んだ。

信一は、知春がいなくなった空間を見つめながら、立ち尽くしている。

「もう、僕は……知春には会えないってことですよね」

「ええ、そうです。彼女の未練はもう、この世にありません。会うことはできませんが、あちらの世界で心安らかに過ごすと思います」

雷蔵の言葉に、信一は寂しさと安堵《あんど》感の混ざったような顔で頷いた。それでも、全てを受け入れるのにはまだまだ時間が掛かるだろう。

「……僕からも、お礼を言わせてください。本当にありがとうございました。詐欺だなんて疑ってしまい、申し訳ありません」

雷蔵と千聖に深々と頭を下げる信一に対し、千聖は「頭を上げてください」と言った。知春が言った通り、とても誠実な人だ。

「それ、読書好きの境さんのために、尾形さんが選んだものなんです」

栞を指さして、雷蔵がそう言った。信一は、店で知春がそれを選んだ時にそっくりな表情を浮かべている。

「そうでしたか。栞、大切に使います。この押し花も、綺麗ですね。何の種類でしょう？」

「勿忘草です。ちなみに、花言葉をご存知ですか？」

「勿忘草？　ええと、聞いたことがあるような……」

千聖ははっとして雷蔵の顔を見た。花言葉なら、千聖もいくつか知っている。毎年母の日になると、麻唯子に花をプレゼントしているのだ。それで、花言葉を調べるのが楽しくて、覚えるようになった。なぜ、ラッピングをする時に気がつかなかったのだろうか。勿忘草の花言葉は――。

「『私を忘れないで』と。それから、『真実の愛』です」

「……ああ、そう……なんですね……」

花言葉を聞いた信一は、一瞬目を見開いて言葉を失った。その後、目に涙を浮かべながらじっと栞を見つめ、唇を噛みしめている。

「知春は……その花言葉を知っていて、これを？」

「いいえ。ただ直感で選んだのだと思います。僕も敢《あ》えて黙っていたんですが……おふたりを見ていて、あまりにもぴったりだと思ったもので」

千聖も、雷蔵の言葉に同意するように大きく頷いた。知春と信一を見ていて、真実の愛とはこういうものだろうと思えたのだ。信一は、この先知春のことを忘れることはないだろうが、でもこれできっと、一歩前進できるはずだ。

すっかり冷めきった料理を前に、信一は涙を拭いながら笑った。そこには温かみに溢れるような、すっきりした表情も見受けられて、千聖と雷蔵は微笑み合った。


千聖と雷蔵は、信一と別れて地元へと帰ってきた。新幹線の中で熟睡してしまうほど千聖は疲れていた。長丁場が、ようやく終わりを告げそうだ。

千聖は、充足感と達成感に浸っていた。十八年生きてきて、これほど怒濤《どとう》の一日を過ごしたことはない。想像を遥《はる》かに超えてはいたが、これからもこの仕事に関わっていたいと思わせるには十分だった。雷蔵も、千聖がそう思うことを見越していたのだろうか。

「随分と帰りが遅くなってしまったね。日付が変わるギリギリだけど、羽根田さんのご家族、本当に怒ってないかな？」

「大丈夫だと思います。母からは、明日も朝が早いので【先に寝てる】って連絡がありました」

新幹線の終電にはなんとか間に合って、地元の駅には深夜に到着した。安全のためにも、雷蔵は千聖をアパートまで送ると言ってついてきてくれている。深夜の道をひとりで歩くのは不安もあったので、千聖はその厚意に甘えることにした。イケメンの店長に送ってもらったなど、麻唯子が知ったら驚きで飛び上がるだろう。

「そうか。お父様は亡くなられているんだったよね。でも、娘がこんな時間まで外にいたら、天国から心配するんじゃない？」

「……父はそういう人間じゃありませんから。気にもとめないと思います」

「あ……なんかずけずけと聞いて、ごめんね」

触れてはいけない話題だと分かったのか、雷蔵は申し訳なさそうに謝ってきた。千聖も悟との確執《かくしつ》については話していなかったので、冷たい返事になってしまったことを謝る。

「あっ、いいえ。私の方こそ、父については話していなかったですし……すみません。父にも今日の境さんみたいに、結婚したいとまで思った相手を最後まで大切にしてほしかったな、とか思って……」

千聖のその言葉で、何かしら事情があることを察してくれたのか、雷蔵はそれ以上は聞いてこなかった。代わりに軽く相槌《あいづち》を打って、千聖の頭をぽんぽんと撫《な》でた。

「ひぇっ……！　な、なんですか!?」

千聖は驚いて横に飛び退いた。ブロック塀にぶつかりそうになり、慌てて雷蔵が肩を支えてくれる。それにすら緊張してしまい、千聖はおろおろと落ち着かない。そんな千聖を見て、雷蔵はしばらくして吹き出した。

「お疲れさまって意味だったんだけど……。びっくりさせたならごめんね」

「それなら、声に出して言ってください！　頭を撫でられるとか……男の人にされるのは初めてだったので、心臓が飛び出るかと思いました！」

「ごめんごめん」

雷蔵はちっとも反省する気配もなく、まだくすくすと笑っている。穏やかで優しい人だという印象だったが、人をからかうような一面もあるのだ。千聖は自分が子どもっぽいことを自覚しながらも、ぷくっと両頬を膨らませた。

「えっと、それでどうする？　アルバイト、やってみる？」

「え？」

「僕としては、ぜひ羽根田さんをうちで雇いたい。君には、思いやりと行動力、勇気もある。他に適任者はなかなかいないと思うんだ」

急に話を切り替えられ、今の気持ちを問われた。

確かに骨の折れる一日だった。これがこの先も続くのかと思うと、少し不安だ。だが、雷蔵が狭間世界の客を相手している間、店を閉めなくてもいいように人員を探していたはずなのだ。店番くらいなら、何も難しくはない。

しかしながら、雷蔵の口調は、今後も狭間世界の客を相手してもらいたいと言いたげだ。

「……ん？　私って、土日の店番になるわけではないんですか？」

「え？　僕、そんなこと言ったっけ？」

「知春さんの前で、人員が不足してるって……」

「うん。僕ひとりだと、今日みたいに二手に分かれたくても限界があるよね？　だから、手伝ってくれるアシスタントがほしかったんだ。もちろん、この先他にアルバイトの人が見つかれば、店番も任せようとは思うけど」

これが、時給千五百円の仕事内容だ。やっと合点がいった。雷蔵は、土日の通常営業を犠牲にしてでも、狭間世界の客を優先しているということだ。それには、雷蔵なりの理由や信念があるのだろう。

千聖は迷った。今日のように帰りが遅くなることが続けば、きっと麻唯子はよく思わない。他のアルバイトを勧めてくるだろう。毎回運よく依頼が達成できるとも限らないし、やっていけるかという不安も拭えない。

しかし、この仕事に挑戦したいという想いが強い。死者の魂と触れ合うというのは、他では絶対に体験できない。彼らの想いを、現世の人間に届けられる存在になってみたい。

「……続けます。アルバイト、頑張ってみたいです！」

「よかった……。それじゃあ、今日と明日はゆっくり休んでね。契約書を準備しておくから、月曜日の学校終わりにまた来てくれる？　羽根田さんは未成年だから、お母様の承諾書のサインも必要なんだ。事前に許可を取っておいてもらえると助かる」

「はい、分かりました」

千聖の返事を聞いた雷蔵は、とても嬉しそうだ。頬が緩んでいる。千聖も微笑みながら、大切なことを思い出した。

「あっ、できれば、シフトは多めに組んでいただけないでしょうか？」

「それは僕も助かるからいいけど……でも、無理のない程度にね？」

「はい」

これで約束は取りつけた。あの時給なら、少しでも家計の足しになるだろう。

「あ、ここまでで大丈夫です。ありがとうございました」

「うん。じゃあ、僕もこれで。今日は本当にお疲れさま」

アパートの駐輪場までやってきたところで千聖は雷蔵と別れ、帰って行くその背中を見送る。

それは夜の闇に飲み込まれていきそうで、でもなかなか消えない独特の存在感を放っていた。

第二話　クマのぬいぐるみ

「えっ、千聖、もうバイト先見つけたの？」

「うん。それでさ、一昨日の夜、私は香奈美《かなみ》の家に遊びに行ってたことになってるから、もしも私のお母さんに会ったら口裏合わせておいてくれないかな？」

あれから二日がすぎて、今日は月曜日。大学の一限目に出てきた千聖は、高校時代からの友達である、堀越《ほりこし》香奈美に手を合わせてそう頼んだ。

授業前、千聖の隣に座った香奈美は眉根を寄せ、非難するような目つきで千聖を見ている。くりくりの可愛らしい目のはずなのに、睨まれると迫力があった。

「別にいいけど。まさか、変なバイトでもしてるんじゃないでしょうね？」

「違うって。店長の用事に付き合って遠くに行ってたから、帰りが遅くなったの」

「えっ、信じられない……！　いくら店長でも、自分の都合でアルバイトの学生を夜遅くまで振り回すなんて、そんなことある？」

「ううん。帰っていいって言われたのに、無理矢理残ったのは私の方なの」

香奈美は目玉が飛び出しそうなくらいに大きく目を瞠《みは》り、千聖の両肩を掴んで揺さぶった。美容院で整えてもらったばかりらしい香奈美の栗《くり》色の髪が、その動きに合わせて軽やかに跳ね動く。

「どうしたのよ、真面目な千聖らしくない！　はっ……！　待って、その店長っての は、女の人……よね？」

「いや……男の人」

千聖は歯切れ悪く答えた。誤魔化《ごまか》してもいずれはばれてしまう。しかし、これはさすがにまずかったらしい。香奈美は遂に青ざめてしまった。

「嘘でしょ!? だめよ、だめ！ 危ない！」

「香奈美、落ち着いて……」

「そんなこと言ってると、いつか喰《く》われるよ!?」

あの雷蔵が、そんなことをするとは思えない。知春と信一のような、悲しみや後悔を抱える人たちを救いたいという、その信念はきちんと伝わっている。千聖は、一昨日の帰り際の雷蔵の様子を思い出して吹き出した。

「ないない！ あの店長に喰われるとか、ふふっ……」

「……そうなの？ じゃあ、ものすごく冴《さ》えない男、とか？」

「冴えなくはないよ。イケメンだし、気遣い上手だし、接客も丁寧で優しいし。まあ、でもおっとりしてるかな」

千聖が雷蔵の姿を思い浮かべながら答えると、香奈美は息を呑んだ。

「なにそれ!? モテる要素満載じゃないの！ やっぱりだめ！」

「大丈夫だって。そんなに心配なら、一度お店に来てみたらいいよ。きっと香奈美も分かってくれる」

香奈美は鼻息を荒くしながらも、千聖がそう言うなら、としぶしぶ了承した。

それなりに長い時間一緒にいるが、香奈美の心配性は今に始まったことではない。千聖が高校一年生の時、同じクラスに香奈美が転入してきて仲よくなったが、その時から既に、慎重すぎる性格はでき上がっていた。その理由は、香奈美の生い立ちにあるのかもしれない。

現在、香奈美を育て経済的支援をしてくれているのは、彼女の実の両親ではなく、里親だ。香奈美は、幼少期に事故で両親を亡くし、兄と一緒に親戚中をたらい回しにされた挙句《あげく》、三年後にまた、事故で兄を亡くした。

その後、児童養護施設に預けられていた彼女は、小学生の時に今の養父母に引き取られたという。彼らに非常に大切にされていることは、香奈美を見ていれば分かる。

この事情を知る者は少なく、この大学でも親友である千聖ぐらいだ。香奈美自身も、周りに出自《しゅつじ》を言いふらす性格ではない。悩みがあっても、他人にはほとんど話さないのだ。嫌なことがあったときですら、愚痴も零さずに我慢していることが多い。恐らく、身近な大人に対しても、我儘《わがまま》を言えない環境にあったのだろう。

なにをするにも周囲の顔色を窺ってしまう香奈美が心配で、千聖は自然と彼女に寄り添うようになった。苦労する麻唯子を見てきたので、若干世話焼き気質になっているのかもしれない。

「私もバイト探そうかなあ。楽しそうだし」

「うん。働いてみるって、やっぱりいい人生経験になるよ」

「まだ始めたばっかりなのに、なに先輩風を吹かせてるのよ」

「そうだった。ごめん」

香奈美に肘《ひじ》で突かれ、千聖は笑った。あの一日が色濃く長く感じたので、経験者のつもりになってしまったのだ。

香奈美は、アルバイトをして最初の給料で、養父母になにかプレゼントをしたいと言う。千聖も、それに大いに賛成した。


更に数日がすぎて、土曜日。知春の幸せそうな顔を見届けてから一週間が経った。

千聖は麻唯子から無事にアルバイトの許可をもらい、正式に雑貨Hyssopで働き始めている。

雷蔵に頼まれ、雑貨店オープンのタイミングに合わせて周辺大学の近くでビラ配りをしたところ、学生たちが多く訪れるようになった。店は盛況で、千聖は客の対応と業務を覚えることに必死だったが、ようやくレジ操作にも慣れてきたところだ。雷蔵は初日から接客に手慣れている様子で、客からの質問にもスマートに受け答えしていた。

しかし、これでは千聖も雷蔵も休む暇がない。土日は店が休業でも、実質千聖と雷蔵は働くことになるのだ。シフトを多めに入れてほしいと頼んだのは千聖の方だったが、今週は毎日学校帰りから閉店までずっと働き詰めなので、そろそろ休みを取りたかった。

「店長。僭越《せんえつ》ながら意見を申し上げますが……あとひとり、アルバイトを雇った方がよくないですか？」

狭間世界に向けての開店前、千聖は勇気を出して雷蔵に提案した。しかし雷蔵の反応は鈍い。

「うーん……そうだねえ。でも、羽根田さんみたいに、ああいう超常現象に理解のある人じゃないと難しいんだよね。そのことを隠して雇っても、いずれ僕たちの行動を見られてばれるだろうし。実は、違う場所で営業してた時に面接した子たちには、全員断られてしまったんだ。気味悪がられてさ。だから、なかなか見つかるものじゃないんだよ」

「そうなんですか……それは確かに難しいですね」

店の人件費や維持費、諸経費よりも、人選を難題として挙げられてしまったら千聖には打つ手がない。それにしても、新幹線などの移動費は一体どこから出ているのか。千聖はふと疑問に思った。

先日は、大人ふたり分の交通費だけでも膨大な金額の領収書を切った。加えて昼と夜の弁当代も雷蔵が払ったのだ。今後も、遠出する度にきっと同じことになるだろう。

店の売り上げを考えても、利益などほとんど出ないのではないか。不思議な店長のことなので、なんらかの財源があるのかもしれないが。下手に聞いて雷蔵に怒られるのも避けたい。千聖は突っ込まないでおくことにした。

それよりも重要なのは、千聖以外の人員だ。千聖のことをよく分かってくれている人物なら、超常現象のことも受け入れてくれるのではないか。そう思い至った千聖は突然閃《ひらめ》き、手のひらをぽんっと拳で叩いた。

「私の友達がアルバイトを探そうかなって言っていて。声、掛けてみましょうか？」

「もしかして、この前ここに遊びに来てくれた子？」

先日のオープン後すぐに、香奈美は雷蔵の偵察も兼ねて、店に来てくれていた。その際に、一度雷蔵に会っている。

「そうです。堀越香奈美って子なんですけど……きっと、彼女なら話を聞いてくれるはずなので」

「分かった。羽根田さんの友達なら、いい子なんだろうね。よろしく頼むよ」

「はい！」

自分の友達ならいい子だと、雷蔵が言いきってくれたのが嬉しかった。それに、香奈美と同じ場所で働けるなら、千聖自身も心強い。一緒に遊べる時間は減ってしまうかもしれないが、それとはまた違った経験ができるだろう。千聖はにやにやしながら開店を待つ。

「さて、今日はどんなお客さんが来るかな」

「私にとってはふたり目です。頑張ります」

「あまり気負いすぎないようにね。もしも依頼を達成できなかった時、その反動がきてしまうから」

「あ……わ、分かりました」

雷蔵の言葉には、妙な説得力があった。過去にも失敗したことがある人の言葉だ。先日の知春と信一の件も運がよかっただけで、間に合わない可能性だってあったのだ。それを思い出して、千聖は雷蔵の言葉を心に留めた。

午前十時。雷蔵が入り口のプレートを【OPEN】に変える。すると、先日と同じように、周囲の景色がぐにゃりと歪んだ。そしてそれは紫や青を混ぜたマーブル状のものに変わっていく。ここが狭間世界だ。

雷蔵が扉を閉めて、一度店内に戻ってくる。数秒経って、すぐに扉が開いた。

今回は、黒い詰め襟《えり》の学生服を着た、男子学生だ。右肩から斜めにショルダーベルトを掛け、直方体に近い白い大きな鞄を提げている。身体も髪も日焼けしており、元は黒いはずの髪の毛は茶色くなっている。高身長や成長の度合いから見て、恐らく高校生だろう。

「いらっしゃいませ」

「い、いらっしゃいませ……！」

二度目だが、亡くなった人を迎える瞬間はどうしても緊張するものだ。雷蔵に続いてお辞儀をすると、男子学生はきょろきょろと店内を見渡した。こうして皆が同じような反応をするのは、お決まりなのだろう。

「すみません。ここ、なんのお店ですか？　なんか、引き寄せられるように来てしまって……」

「ようこそ、狭間雑貨店へ。ここは、あなたの未練を解決するお店です」

「え……？」

青年は雷蔵を凝視したまま数秒固まり、その後取り乱したように、あたふたと動き始めた。やばい店に入ってしまった、と焦っている感じに見える。

「あ、あの……危険な店ではありませんから。どうか、落ち着いてください」

「ほ、本当ですか……？　大丈夫なんですか？」

千聖が声を掛けると、震える声でそう返ってきた。雷蔵は彼を安心させるように微笑んで、前回と同じく店のことを簡潔に説明する。

「このよく分からない空間って、狭間世界って言うんですね……」

「僕が勝手にそう呼んでいるだけですけど。名前があった方が落ち着きますよね」

ここが狭間世界だと認識した男子学生は、なんの店かが分かって少し冷静になったようだ。

皆はじめは、なんの店かまでは分かっていないのだ。しかし、入らずにはいられないということらしい。そのあたり、どういう仕組みになっているのかは、千聖にとっても疑問だった。

導かれるように店に引き寄せられたというなら、千聖も同じだなと思った。

店の外観は、特に奇をてらったものではない。一般的な雑貨店、という印象だ。だが、いつ建てられたのかも分からず突然そこにあって、千聖は吸い寄せられるように店のアルバイト募集を見つけた。これももしかしたら、雷蔵がそう仕組んだのか。それとも、彼の持つ謎の力のせいだろうか。

千聖が思案している間に、雷蔵は男子学生を隠し部屋のテーブルに案内していた。その横顔をじっと見つめながら、千聖は首を傾げる。

「羽根田さんも、こっちで話を聞いて」

「あっ、は、はい！」

ぼーっと突っ立っていた千聖を、雷蔵が手招きした。こうしてはいられない。頬を叩いて気合いを入れ直し、千聖は前回と同じく雷蔵の斜め後ろに立つ。

「僕が店長の鳴神です。よろしくお願いします」

雷蔵は名刺を取り出して、男子学生に丁寧に渡した。たとえ相手が未成年でも、客となれば心を込めて対応するようだ。アルバイトの話を聞きに来た初対面の千聖には、タメ口だったのだが……。

「アルバイトの羽根田千聖です。よろしくお願いします」

「えっと、笠原《かさはら》……耕太郎《こうたろう》です。よろしくお願いします……」

千聖もあいさつをすると、男子学生も名乗った。雷蔵と千聖を交互に見て、何度も瞬きしている。まだ少し緊張しているようだ。雷蔵はそれを解すように、にっこりと笑った。

「ご年齢も伺ってよろしいですか？」

「……十七歳、高校二年です。あの、敬語じゃなくていいです。俺の方が、鳴神さんより絶対に年下ですし。そっちの方が楽です」

「ああ、分かりました。じゃあ、せっかくなので、耕太郎くんと呼んでもいいかな？」

「はい」

耕太郎は、日焼けしていて活発そうな見た目とは裏腹に、控えめで大人のように落ち着いている。日焼け具合から見て、恐らく屋外のスポーツをやっていたはずなのだが、どの種目だろうか。

　雷蔵とは異なる、少し幼さの残る顔立ちを見ながら、千聖は彼の話に耳を傾けた。

「耕太郎くんが亡くなった当時の、西暦や日付は分かる？」

「あ……二〇〇六年です。えっと、でも……すみません、日付まではちょっと……」

「ああいいよ、無理に思い出さなくても。もし思い出したら、でいいからね」

　雷蔵の温かい言葉に、耕太郎はほっと息をついた。混乱する中で必死に思い出そうとしていた気持ちが、幾分か落ち着いたようだ。僅かに笑みも見え、千聖も安心した。

「えっと、ちなみに今は何年なんですか……？」

「二〇一九年の四月だよ」

　それを聞いた耕太郎は口を開けたまま固まった。時の流れの概念がない狭間世界において、これだけの年数経過はやはり衝撃的なのだろう。

「二〇一九年……」

「狭間世界は時間の流れを感じさせないからね。びっくりしたかな」

「はい……」

　耕太郎は、知春の時さえも上回る、十三年前の人物だった。ということは、生きていれば三十歳くらいだ。実質、千聖と雷蔵よりも年上になる。雷蔵はこのまま、本当にタメ口で接するのだろうかと千聖はハラハラしたが、当の本人は気にする素振りすら見せない。

「耕太郎くんの未練について、教えてもらっていい？」

「……あ、はい。俺には、たったひとりの肉親である、年の離れた妹がいました。その妹と喧嘩をしてしまって、仲直りをする前に俺が死んでしまったので心残りがあって。それに、ひとりにしてしまったことを謝りたいんです」

ひとりになった妹、というフレーズを聞いて、千聖は即座《そくざ》に香奈美を思い浮かべた。兄は確か、年が離れていたのではなかったか。香奈美の兄も、きっとこうして香奈美を大切に想っていてくれただろうか。そう思うとじんわりと心が温かくなった。

「なるほど……。当時の妹さんの年齢と名前は？」

「笠原カナミ、五歳でした」

〝カナミ〟という名前に、千聖はぴくりと反応した。この日本で、同じ名前の人間は多くいるだろうが、どうしても、友達の堀越香奈美と重ねてしまうのだ。香奈美が里親の姓になる前は、なんという名字だったか。千聖は思い出そうとしたが、聞いた覚えがないことに気付いた。

ただよくよく考えてみると、両親と兄を早くに亡くしている点や年齢的にも合致する点が多い。千聖の心臓が、ひときわ大きく鳴った。

「たったひとりの肉親だったってことは、妹さん以外のご家族は、早くに……？」

「はい。俺が十四歳で、カナミが二歳の時です。俺とカナミのふたりで留守番をしていた日に……。両親は地域の懇親会に出かけていたんですが、帰りに交通事故に巻き込まれてしまって……全身を強く打っての、即死でした」

「そうですか……」

耕太郎は、低く擦《かす》れた声で淡々と話している。しかし、それはどこか寂しそうで、千聖は聞き入ってしまった。雷蔵も相槌を打って、口元をぎゅっと結んだ。

「その後は、俺たちふたりとも、親戚に預けられたんですけど……かなり邪魔者扱いされました。いくつか親戚の家を転々としてもそれは変わらなくて。カナミは、幼いながらにそれを感じ取って、いつも俺にべったりでした。俺が親代わりをしないといけないのに、俺は俺で新しい学校に馴染めなくて、勝手にイライラしていて……」

「カナミさんに八つ当たりして、喧嘩してしまったんだね？」

雷蔵が先を拾って問うと、耕太郎はゆっくりと頷いた。当時の様子を思い出しているのか、歯を食いしばり、後悔を滲ませた表情を見せる。

「俺は家を飛び出して、しばらく町をぶらぶらしていたんですけど。頭が冷えてからカナミに当たったことを後悔して……。それで、カナミの好きなお菓子でも買って帰ろうと思ったところで、なんの冗談か……横断歩道に突っ込んできた大型トラックに撥《は》ねられたんです」

千聖は耳を覆いたい気分だった。妹思いのお兄ちゃんが、よりによって両親と同じ形で命を落とすなんて。残された妹は、唯一心の頼りにしていた兄の死を聞いて、なにを思っただろうか。

千聖は耕太郎の顔をじっと観察して、ドキリとした。目と鼻が、香奈美にそっくりなのだ。それに、香奈美に聞いた話と彼の話を照らし合わせてみれば、状況も見事に一致する。偶然にしてはできすぎている。千聖の疑念が、一気に確信へと変わっていった。ほぼ間違いなく、耕太郎は香奈美の兄だ。

「あの、店長。私も、耕太郎さんとお話ししていいですか？」

「え？　ああ、どうぞ。気になることでもあった？」

「はい」

雷蔵は少し驚きながらも快く席を譲ってくれて、千聖は温もりの残る椅子に掛けながら、耕太郎と向き合った。雷蔵も、『カナミ』という名前から千聖の予想を察しているようだ。見透かしたような笑みを浮かべている。

「私、この前大学生になりました。高校時代からの友達と一緒に」

「……それが、なにか？」

唐突な千聖の言葉に、耕太郎は怪訝《けげん》な面持《おも》ちになった。千聖はどう切り出したらいいか分からず、次の言葉をじっくり考える。一度鼻から大きく息を吸って、思いきって伝えることにした。

「その友達、堀越香奈美っていうんです。幼少期に、ご両親とお兄さんを亡くしたって言っています。多分、名前や年齢、生い立ちから考えても耕太郎さんの言っているカナミちゃんと、同一人物だと思います」

「……えっ⁉」

「香奈美は今、里親と一緒に暮らしているんです。だから、堀越の姓になっています」

入店してから、ずっと静かに話していた耕太郎が、初めて大きな動揺を見せた。妹が、自分の年齢すらも追い越して大学生になっていることはたいした衝撃ではないだろうが、世間の狭さには耕太郎も驚いているようだ。千聖だって、こんな偶然には今まで一度も直面したことがない。

「ほ、本当に？　俺の妹の香奈美ですか⁉　えっ……そん、そんな偶然あるんですか？」

「私も驚いていますけど、ほぼ間違いないと思います」

椅子から立ち上がりそうな勢いで、耕太郎は興奮している。妹が無事に生きていると知って、嬉しいのかもしれない。

「かっ……香奈美は、元気にしていますか？」

「はい。毎日とても頑張っていますし、大切に育てられているみたいです」

噛みそうになりながらも、耕太郎は早口で聞いてきた。千聖が微笑んで答えると、安心して頬を緩める。

「よかった……。あ、俺の文句を言うとかは、してないですか？」

「文句は言いませんよ。でも、昔の家族の話はあんまりしないです。無意識に封じ込めているかもしれません」

「そう……ですよね。思い出したくないですよね」

耕太郎は、一転して気落ちしてしまった。辛い過去を思い出させ、向き合わせていいものかと、迷っているようだ。

——香奈美は、強い子だ。だから、きっと大丈夫。

そうやって言葉で彼を励ましてあげたいが、家族の問題は他者からは推し量れないことも多々ある。実際、香奈美が兄の耕太郎をどう思っているのかは、聞いてみなければ分からない。ここは、千聖がそれとなく彼女に切り込んでいくしかないだろう。

「これは、香奈美の友達としての私の意見ですが。お兄さんが、今でもずっと香奈美を想っていることは、ぜひ伝えてあげてほしいです」

「羽根田さん……」

耕太郎が顔を上げた。希望が見えてきたかのような表情に、千聖は微笑む。

「養父母がいてくれて、友達もいるとはいえ、どこかに寂しさを抱えているはずなんです。私も昔、父を亡くしているから、なんとなくですがそう思います」

「……分かりました。教えてくれて、ありがとうございます」

耕太郎が弱々しく笑う。こんなにも優しい兄が、イライラして妹に当たることもあるのだ。いや、それほどに、当時は彼も追い詰められていたのだろう。そして取り返しのつかないことになって、妹への謝罪ができないまま十三年も彷徨い続けていた。

千聖は自分の話を終えて、再び雷蔵と席を交替した。雷蔵は一旦咳《せき》払いをして、仕切り直す。

「では、僕たちに香奈美さんへの橋渡しを依頼する、ということでいいかな？」

「はい。よろしくお願いします。あ……その、お代とかは、どうしたら？　俺、お金とかはそんなに持ってないですけど……」

無条件に叶えてもらえるとは耕太郎も思わなかったらしく、遠慮がちにそう聞いてきた。雷蔵は柔和《にゅうわ》な微笑を浮かべる。

「今から説明しようと思っていたところ。条件はひとつ。この店の商品から、耕太郎くんが必要だと思うものをひとつ選んで購入してほしいんだ。どんなに安いものでも構わないから」

「それだけで、いいんですか？」

「うん」

耕太郎は安心したように頷いて、大きな鞄の中身を漁り始める。使い込まれたサッカーボールが最初に見えて、彼がやっていたスポーツがなんなのか分かった。そしてすぐに黒の長財布を見つけて取り出した。そのままファスナーを開き、金額を確認している。

「四千円と少しならあります。新聞配達のバイト代が入った後だったんで」

「十分だよ。それだけあれば、きっといいものが買える」

「よかったです。特に今必要なものってないので、香奈美へのプレゼントにしてもいいんですよね？」

「もちろん」

考えることは知春と同じだ。彼もまた、大切な妹へのプレゼントを選びたいと言う。

ここでまた千聖は父、悟のことを思い出した。つくづく、悟は彼らと正反対なのだと思い知らされる。悟は自分が一番大切だったのだ。いや、悟だけではなく、人間の多くは、自分を第一に考えるのかもしれない。

知春は身を挺《てい》して恋人を守り、命を落とした後も彼を想い続けた。耕太郎は、妹と喧嘩をしたまま死別してしまったけれど、その後悔をずっと胸に抱いている。

ふたりに共通して言えることは、生きている間も、亡くなってからも、大切な相手のことを想っているということ。悟にはそれがなかったということだ。こんなに想われている香奈美に対し、千聖は羨望《せんぼう》すら感じる。

「それで、どうやって香奈美さんに耕太郎くんの想いを伝えるか、なんだけど……」

雷蔵が話を続けているのが聞こえて、千聖は我に返った。今は仕事中だ。集中しなければならない。

「はい」

「僕たちと一緒に、現世に行ってもらうことになる。でも、僕たち以外の人間からは君の姿は見えないし、声も聞こえない。もちろん、香奈美さんからも」

「……はい、構いません」

知春と信一が再会した時、雷蔵は〝特別サービス〟と称して、信一にも知春の姿が見えるようにした。あのことは、先に言ってはいけないのだろうか。耕太郎は喜ぶだろうし、教えてあげたらいいのに、と思うのだが、これも、雷蔵が決めたルールなのかもしれない。そう思うと勝手に伝えることは憚《はばか》られ、千聖は黙っていた。

「そして、現世に行けるのは、十二時間だけ。その間に君の願いを叶えられれば、君は黄泉に行ける。そこで、安らかに過ごしてほしい。僕たちは、そのための手伝いを精一杯するから」

「分かりました」

耕太郎は背筋を伸ばして、なにか言いたげに口を開きかけた。しかし、ためらっているようですぐに閉じてしまう。雷蔵が穏やかに「どうぞ」と促すと、決心したようだった。

「あの、もし香奈美に会えなかったり、願いが叶えられなかったりしたら、俺はどうなるんですか？」

この店を訪れる人ならば、誰もが抱えそうな不安だ。千聖もつられて雷蔵を見た。

「狭間世界に逆戻りになるよ。でも、次にいつ、この店を見つけられるか分からない。一週間後かもしれないし、数年先かもしれない。そうならないように、僕たちは最善を尽くすよ」

「……なるほど。じゃあ、リスクはほとんどないですね」

耕太郎は気丈にそう話す。どんと構えたその心に、千聖は感心していた。

知春は狭間世界での孤独に苛まれていたはずだ。耕太郎も、寂しいのを我慢しているのかもしれない。もしそうなら、兄妹揃っての幸せな時間を少しでも長く過ごさせてやりたいと、千聖は思った。

「現世に戻ったらすぐ、うちの羽根田から香奈美さんに連絡を取ってもらうね。旧姓が笠原さんだということであれば、君の妹さんで間違いない。きっと話を聞いてくれるとは思うけれど、彼女からどんな反応が返ってくるかは分からない」

「……はい。俺は恨まれているかもしれませんし……覚悟はしています」

耕太郎が決意をたたえた表情で、そう答えた。

「じゃあ、契約成立ということでいいかな？」

「大丈夫です。よろしくお願いします」

耕太郎は深々と頭を下げた。高校二年ということは今の千聖とは二学年違いなのだが、実に礼儀正しくしっかりしている。妹を守りたいという気持ちが彼を大人びさせたのか、それとも、亡き両親の教育の賜《たまもの》か。千聖は見習わなければと考えながら、雷蔵と一緒にお辞儀を返した。

「では、香奈美さんへのプレゼントを選びましょうか」

「はい」

三人で店内に戻ると、耕太郎はじっくりと吟味《ぎんみ》を始めた。

千聖は香奈美の好物を思い浮かべる。スイーツと可愛いものならなんでも喜んでくれそうだが、特に好きなのはクマのキャラクターだ。キーホルダーやストラップ、文房具など、あらゆるところにそのクマがプリントされたものを使っている。その情報を耕太郎に教えてやりたいが、あまり干渉しすぎるのもよくないと考え、千聖は敢えて言わないでおいた。

しかも、五歳の香奈美と十八歳の香奈美では、好みも変わっている可能性がある。聞かれない限りは黙っていようと、千聖は彼を見守ることにした。だが、香奈美へのプレゼント選びはかなり難航している。

「どう？　香奈美さんの好きそうなもの、なかなか見つからないかな？」

小さな店だが、品揃えはいい方だと千聖も雷蔵も自負していた。静観していた雷蔵も、助け舟を出そうと耕太郎に話しかけた。耕太郎は「うーん……」と悩む声を上げ、店の中央に飾られていたクマのぬいぐるみ――テディベアを手に取った。

柔らかくふわふわのクリーム色の毛並み、それにつぶらな黒色の瞳。首には赤い蝶《ちょう》ネクタイがついている。大きさは、大人の女性の腕にちょうどおさまるくらい。その愛らしい外見から、三千九百円という価格にも関わらずこの一週間で一番売れている商品だ。耕太郎が見事クマを選んだことに、千聖は心の中でガッツポーズをした。

「香奈美って、今は十八歳ですよね？　ぬいぐるみは、子どもっぽいって言われるかな……」

「いいや。テディベアは、社会人女性にもよく好まれるよ。プレゼントで買っていく男性もいるし」

「そうなんですか？」

雷蔵の言う通りなのだが、耕太郎はまだ自信がないらしい。テディベアを持ったまま、千聖を振り返った。

「羽根田さん、どうでしょう？　香奈美、喜ぶと思いますか？」

千聖は大きく頷いた。自信をもって、間違いなく喜ぶと言える。耕太郎が香奈美の好みを覚えていてくれたことが、自分のことのように嬉しい。

「はい！　香奈美はクマのキャラクターが大好きなので。それも、お兄さんからのプレゼントだったら、とっても喜ぶはずです！」

次の瞬間、耕太郎がはにかんだ。香奈美が嬉しそうに笑うところを想像したのかもしれない。彼の記憶にあるのは、五歳の香奈美なのだ。

「クマのキャラクターが好きなところは、変わってないんですね……」

「昔から好きだったんですか？」

「はい。幼稚園に着ていく洋服にも、鞄にも、ハンカチにも、全部クマの絵が載っていました。それに昔、両親が香奈美に買ってやったクマのぬいぐるみの腕が、俺との喧嘩したときに取れてしまったことがあって。ぬいぐるみなんて高くて買ってやれないと思っていたんですけど。なんか……嬉しいです。これにします」

寡黙《かもく》そうに見えた耕太郎が、香奈美のことになると饒舌《じょうぜつ》になる。千聖はこの場面こそ、香奈美に見せてやりたいと思った。

プレゼントが無事に決まり、今回も千聖がラッピングをした。それなりに体積があって不定形なので、大きめの袋にしか入れることができないが、白い袋をピンク色のリボンで閉じれば、女の子向けのプレゼントっぽくなる。耕太郎が所持金のほとんどを使って買ったものだ。これだけは、なにがあっても絶対に香奈美に届けると、千聖は密かに誓った。

昼前には、現実世界に戻ってきた。まずは、千聖から香奈美に連絡を取らなければならない。千聖はロッカーの中の鞄からスマートフォンを取り出し、震える指で香奈美の連絡先を探す。

文字だと煩雑《はんざつ》になりそうなので、チャットやメールではなく、電話を掛けた。「土曜日だし、たまにはランチにでも行かない？」と誘えば違和感もないだろう。

『はーい、もしもし』

「あ、香奈美。千聖だけど。今、大丈夫？」

『そんなのわざわざ確認しなくても、出たってことは大丈夫ってことだよ。どうしたの？　なにか急用？』

千聖は普段、チャットで用件を済ませることが多いからか、香奈美は急ぎの連絡だと思ったらしい。受話口から聞こえる声が、心配そうな含みを帯びる。背後では、がやがやという喧噪《けんそう》が響いていた。どこか人の多いところにいるようだ。

「急用ではないんだけど、たまにはランチでもどうかなって思って……」

『えー、なんだ。そんなこと？　びっくりしたよー』

「ごめんね」

『謝らなくていいよ。でも、こっちこそごめん。せっかく誘ってもらったのに悪いんだけど、今、お母さんとお父さんと一緒に、お祭りに来てるんだ』

「えっ……どこの？　遠いところ？」

なんというタイミングの悪さ。なぜそれを、香奈美は事前に教えてくれなかったのかと、千聖は悔しい気持ちになった。いや、香奈美はそういうことを、自ら発信するタイプではないのだ。それは千聖が一番わかっている。

話す必要があるかないか、香奈美はいつでも取捨選択をしている。今回もきっと、家族でお祭りに行ったのだと、後から教えてくれるパターンだ。だが、どうしても今日中に香奈美に会わなければならない。

『そんなに遠くないよ。隣町』

「あっ……よかった、思ってたよりも近い」

『もしかして、千聖も来たかった？　誘えばよかったね、ごめん〜。でも、今日って千聖はバイト入ってるんじゃなかったっけ？』

「あ、うん。そうなんだけど……」

次から次に言葉が出てくればいいのだが、千聖は嘘をつくことに慣れていない。どうすれば香奈美に怪しまれずに会いに行けるか、脳をフル回転させて理由を考える。

千聖は焦りながらも、香奈美に電話を切らせまいと会話を続けた。

「そんなことよりも！　あのね、今日、どうしても香奈美に会いたいの」

『え？　なんで？　それは、ビデオ通話じゃだめなの？』

語気の強くなってきた千聖に対して、香奈美も違和感を覚え始めたようだ。声の調子に戸惑いが表れている。

「うん。渡さないといけないものもあるし」

『それくらいなら、明日でいいじゃん』

「それじゃ間に合わないの。今日じゃないとだめ。今からそっちに行くから、ちょっとだけ、私と会う時間をくれないかな？」

『ど、どうしたの千聖？　なんか変だよ？』

不審に思われてもこの際仕方がない。すぐ近くにいるものだと思っている人ほど、こうして会いたい時に簡単に会えない。五歳だった香奈美も、亡くなる直前の耕太郎も、互いに会えなくなるなんてこれっぽっちも予想していなかったはずだ。

「会ってから、ちゃんと事情を説明するから。お願い！」

『……うん、分かった。千聖の頼みなら、もちろん聞くよ。お母さんたちにも言っておくね』

「あ、ありがとう！」

まだ怪しんでいる様子ではあるが、香奈美は聞き入れてくれた。これも友達だからこそだ。タイミングよく、様子を見に来た雷蔵に、千聖は左手でジェスチャーをして、連絡が取れた旨を伝えた。雷蔵は笑顔で頷いて、右手の親指を立てる。

『こっちは人が多いから、気をつけて来てね？　だいたいの場所と地図、後で送っておくから』

「うん、ありがとう！」

『近くまで来たらまた連絡してね』

香奈美らしい、気遣いに溢れた言葉だ。安堵感に涙腺を緩めそうになりながらも、千聖は大切なことを思い出した。彼女が耕太郎の妹であるという、確証を得なければならない。

「あ、待って！　ひとつだけ、先に聞いていいかな？」

『まだあるの〜？　なに？』

通話を切ろうとしていた香奈美は、うんざりしたように言いながらも笑って答えた。

「香奈美の、元の名字ってなんだったのか、教えてもらっていい……？」

『〝笠原〟だけど……。なんで急にそんなこと聞くの？』

「ううん、ちょっと確認したかっただけ！　ありがとう！」

『もう、なんか千聖が怖いんだけど……まあ、いいや。後で聞くとするか』

これで、耕太郎と香奈美が繋がった。千聖は何度も礼を言いながら通話を切ると、雷蔵にすかさず香奈美の居場所を伝えた。

「隣町か。近くてよかったね」

「はい！」

電車で八駅移動すれば、簡単に行ける。時間もたっぷりあるし、今回は割とすんなりいくのでは、と千聖は期待した。

耕太郎にも事情を説明し、一行は早く出発することにした。千聖は耕太郎の代わりにテディベアを抱えて店を出る。耕太郎は周囲の景色におどおどしながら、千聖と雷蔵の後をついてきた。

「あ、あれ……？　この風景……」

「えっ」

耕太郎の言葉を聞いて、千聖は振り返った。知春もこの場所の出身だったが、ひょっとすると耕太郎もそうなのだろうか。

「もしかして、ここのご出身ですか？」

「あ、はい。建物はいろいろ変わってますけど、いくつか昔のままのがあるんで、そうかなって。俺も住んでいたのは中学の時が最後なんですけど……」

偶然というのは、二度続けて起こるものなのかと、千聖はびっくりしていた。しかし、雷蔵は今回も落ち着いて聞いている。これはまさか、と千聖が勘繰《かんぐ》っていると、耕太郎が質問をしてきた。

「香奈美は今、こっちに住んでいるんですか？」

「はい。高校生の時に、この町に引っ越してきたんです。確か、お父様の仕事の都合だとか……。あ、じゃあ、地元に戻ってきたってことなんですね？　でも、出身がこだって聞いたことなかったな……」

「香奈美がこの町に住んでいたのは二歳までなので、覚えていないんだと思います」

耕太郎が切なげに目を細めて遠くを見ている。昔、家族四人で楽しく暮らしていた時を思い出しているのだろうか。千聖は、香奈美がこの町で生まれ、幼児期を過ごしたことを知って、嬉しいような、でもちょっと切ないような、複雑な気分になった。


約二十分、電車に揺られ、千聖たちは隣町へとやってきた。駅を抜け商店街の通りへと向かえば、そこに祭りのための歩行者天国が作られている。絶対に数えたくないほど多くの人々が、縦横無尽《じゅうおうむじん》に行き交っていた。

耕太郎は移動中言葉少なだったが、ここにきてそわそわとし始めている。これから香奈美に会えるのだ。無理もない。

「香奈美、抜けてこられるかな……」

ちょうど昼食前の時間だ。家族との大切な時間を邪魔するのは本意ではないのだが、耕太郎だって、香奈美にとっては今でも家族だ。ぜひとも会わせてあげたい。千聖は到着した旨を告げるため、再度香奈美に電話を掛けた。

『あ、千聖。着いた？』

「うん。今、駅から出て、歩行者天国に入る前のところにいるよ。近くに公園があるんだけど、そこまで出てきてもらうことってできる？」

『いいよ、分かった』

「家族水入らずのところ、ごめんね」

『そう思うんなら、最初から用件を言えばいいのにー』

千聖の心配をよそに、香奈美は気を遣わせまいと冗談ぽく笑いながらそう言った。まったくもって、心根が優しさでできている子だ。千聖は彼女のことも見習いたいと強く思った。

数分後、公園内で待っていると、香奈美が手を振りながら小走りでやってきた。お祭りらしく、紺色の可愛らしい浴衣を着ている。いつも下ろしている髪も後ろに纏め、お洒落にアレンジしてあった。お祭りを存分に楽しんでいるようだ。

「千聖ーっ！　って、あー！　この前の店長さん！」

千聖の後ろにやってきた雷蔵を見て、香奈美が血相を変えた。ふたりきりでやってきたようにしか見えないのだろう。雷蔵を隠しておくことを、千聖はすっかり失念していた。だがもう既に遅い。

「ちょっと、千聖！　店長さんはそんなんじゃないって言ってたのに！　やっぱり付き合ってるんじゃないの？」

駆け寄ってくるなり、香奈美は千聖の両肩を掴んで揺さぶった。心配してもらえるのはありがたいのだが、ここでは余計な混乱は避けたい。雷蔵も「誤解だよ」と説明してくれているが、香奈美はそれでも警戒していた。

千聖が隙を見て耕太郎の様子を窺うと、案の定、成長した香奈美を見て衝撃のあまり呆然としている。

「違うの、香奈美。私たちは、本当にそういう関係じゃないよ。ここには、仕事で来たの」

「仕事……？　雑貨店の仕事で、私に会いに来たの？」

「うん」

「え……なんで？」

それは当然の反応だった。順を追って説明しなければならないが、まずは香奈美を落ち着かせることが最優先だ。ベンチに座ってもらい、千聖もその隣に掛けた。

「あのね、びっくりするだろうけど飛び上がらないで聞いてね。ここに来たのは、香奈美のお兄さんに頼まれたからなの」

数秒間、沈黙が続いた。香奈美は目を瞬《まばた》かせている。

「……お兄ちゃん？　え、いやいや……。私のお兄ちゃんは、とっくの昔に亡くなったよ？　私、それは千聖に言ったよね？」

「うん、知ってる。亡くなったお兄さん、笠原耕太郎さんが、私と店長に『香奈美に謝りたいから手伝ってほしい』ってお願いしてくれたの」

「……え？　えっ、待って。千聖、頭おかしくなっちゃった……？　でも、なんでお兄ちゃんの名前まで、知ってるの？　えっ⁉」

当然だが、簡単には信じられないものだ。ひどく狼狽《うろた》える香奈美に申し訳なくて、千聖は香奈美の身体をそっと抱きしめた。その華奢《きゃしゃ》な背中を優しく叩くと、次第に香奈美は落ち着いてくる。千聖の視線の先に耕太郎が立っていて、香奈美を慈しむように見つめていた。

「香奈美、信じてくれないかな。今ね、すぐ近くで耕太郎さんが見守ってくれてるよ」

「……うそ、だ」

「本当。姿は見えないだろうけど、私と店長には見えてるの」

「……なんの、冗談よ？　いい加減にしないと、怒るよ？」

香奈美の声が怒りに震えた。一旦気を静めたことで、余計に千聖の言動が嘘っぽく感じてしまったのだ。

「違う、嘘じゃないの！　あの、どうやったら信じてもらえるか……。でも、耕太郎さんは、ずっと香奈美のことを心配してて……」

「そんなの……なんで千聖が知ってるの？　お兄ちゃんは、私に『俺には甘えるな』とか酷いこと言って、自分だけ叔母《おば》さんの家から逃げて、勝手に死んだんだよ!?」

香奈美が声を荒らげ、大粒の涙を零して泣き始めた。千聖の想像以上に、香奈美は苦しんだのだ。彼女にとって、兄の死は思い出したくない、辛い過去だった。耕太郎が香奈美から視線を逸らして、悔しそうに俯いている。

五歳という、まだ幼い時期のことだ。記憶力や感情が成熟していないうちに強い衝撃を受ければそうなってしまうこともあるだろう。昔のことを友達の千聖にすら話さなかったのは、そういう理由があったのだ。

香奈美は千聖の腕を振り払い、きつく睨みつけて立ち上がった。初めて見る親友の激昂《げっこう》に、千聖は唖然とする。

「千聖は、私のお兄ちゃんが死んだこと、知ってるじゃん。なにも知らないならまだしも、なんでそんな冗談言うの……？　いくらなんでも、酷くない？」

「違うって。だから、落ち着いて話を……」

「聞きたくない！　もう帰って！」

「香奈美……！」

香奈美は全速力で逃げていった。下駄が邪魔してそれほど速くはないはずだが、千聖は追いかけられなかった。一種の放心状態だったのだ。

「そんな……」

千聖は頭を抱えた。友達だから、あの優しい香奈美だから。きっと千聖の言葉を信じてくれると思っていた。しかしながら、香奈美の心にも深い傷があったのだ。ただでさえ信じることが難しいのに、その傷を千聖が抉《えぐ》るようなことをしてしまった。

それでも、香奈美の本心を少しだけ聞けたのは、不幸中の幸いだったかもしれない。千聖がはっとして耕太郎の方を見ると、彼も俯いていた。雷蔵は、彼に寄り添って肩を支えている。

拒絶されたら、どうすべきなのか。千聖は助けを求めるように雷蔵を見た。彼も些か当惑したようで、すぐには解決策を提示してくれない。いや、彼に頼ってばかりではなく、ここは千聖自身が動かなければ。なぜなら、千聖もまた、耕太郎の気持ちを伝えることで、香奈美を救いたいと願っているから。

「あの……羽根田さん、すみません。俺が、こういうお願いをしたせいで」

「いいえ！　こんなのは想定内です！」

「えっ」

耕太郎の気遣いに対し、千聖は強気に宣言して立ち上がった。この程度でめげてなるものかと、スイッチが入ったのだ。耕太郎は困惑して雷蔵を見ているが、雷蔵はなぜか嬉しそうに笑うだけだった。

知春と信一の時は、信一の性格や知春への想いも相まって、こういったありえない事が起きても比較的信じやすかったのかもしれない。だから、誰でも簡単に信じてくれるものだと、千聖は勘違いしてしまった。

これから先、香奈美以上に、こちらの話を信じてくれない人が現れるかもしれない。ここで諦めてしまっては、この仕事を続ける資格なんかないと、千聖は思った。

「香奈美を探して、もう一度ここに連れてきます。店長は、耕太郎さんと一緒にここで待っていてください」

ふたりを見つめ、千聖はそう言った。

「あ……いいの？　僕が探しに行くのでもいいけど」

「いえ。もしかしたら、香奈美が自分からここに戻ってくるかもしれないし、その時は店長がいた方がいいと思うんです。それに、香奈美を探して説得するのは、友達の私の役目だと思うから……」

「分かった。僕もその方がいいと思う。お願いできる？」

雷蔵は微笑みながら頷いた。千聖の考えに全面的に同意してくれているようだ。

「はい！」

「羽根田さん、よろしくお願いします」

「任せてください！」

耕太郎にも想いを託され、千聖はすぐに駆け出した。電話をしても、香奈美はもう出てくれない可能性が高い。変に警戒させるよりは、香奈美の行きそうなところをしらみつぶしに当たった方がいいだろう。千聖は人の流れに乗りながら、紺色の浴衣を頼りにして探し始めた。


それから、一時間、二時間とすぎ——千聖がへとへとになった頃には、午後四時を回っていた。祭りの通りを何往復もしているのに、香奈美は未だ見つからない。雷蔵には十数分おきに報告しているが、公園の方にも香奈美は戻ってきていないようだ。

もしかしたら、香奈美は予定を早く切り上げて、養父母と一緒に家に帰ってしまったのかもしれない。あと少し探しても見つからないようであれば、一旦町に戻って香奈美の家を訪ねてみようと、千聖は決めた。どうにかして、耕太郎を香奈美に会わせたいのだ。

探す場所が悪いのかもしれないと、千聖はわざと歩行者天国から離れた脇道に入ってみた。人が少なくなれば、おのずと目的の姿も見つけやすくなる。そんなところに香奈美がいるわけがない、と千聖は思っていたが、香奈美はそんな千聖の考えを読んでいる可能性もある。

少し入り組んだビル街に出てくると、小さな公園を見つけた。雷蔵と耕太郎がいるところに比べると遊具もベンチも少ないが、祭りで疲れて休憩している人が見える。

千聖が公園の外側を通りながら中を確認していると、ブランコに腰掛けている浴衣姿の少女を見つけた。紺色に、見覚えのあるオレンジの花柄。横顔を確認すると、香奈美だった。

千聖は香奈美に気付かれないよう、そっとそっと近づく。あと一メートルぐらい、というところで香奈美は弾かれたように顔を上げた。その両目は、悲しみに満ち潤んでいた。

「香奈美、さっきは驚かせて、ごめんなさい」

「千聖……」

「でも、からかったんじゃなくて、本当に耕太郎さんがいるの。あと少ししか、時間がないから。お願い、もう一度話を聞いてくれないかな？　どうしても、耕太郎さんの気持ちを、香奈美に伝えたい」

千聖は香奈美との距離を詰め、しゃがみ込んだ。ブランコの鎖を強く握る香奈美の手に上から優しく触れる。香奈美が嫌がる素振りは見せないので、千聖は微笑んで、簡単にではあるが、事情を話すことにした。

「店長にはね、人とは違う特別な力があって。亡くなった人の魂を、一時的にこっちに連れてくることができるの」

「……え？」

「私が働いているあの雑貨店は、未練のある幽霊と、この世の人を結びつける役割を持ってるってこと。そのお客さんとしてやってきたのが、耕太郎さんなんだよ」

「そんなの……信じられるわけない」

香奈美は、言葉に反して縋るような視線を千聖に向けた。千聖の言うことを信じたいが、現実的にあり得ないという考えの方が強いようだ。千聖は理解を示すように頷く。

「そうだよね。すぐには信じられないと思うけれど……私は、大切な友達の傷をからかうようなことは、絶対にしない。それだけは、分かってくれないかな？」

「………」

香奈美はもう、逃げなかった。しかしじっと千聖の目を見つめ、迷っている様子ではある。千聖は願いを込めて、再び彼女の身体を抱きしめた。数十秒後、香奈美は静かに頷いた。

千聖は香奈美と手を繋ぎ、最初の公園へと戻ってきた。雷蔵には連絡を入れていたものの、耕太郎は不安だったに違いない。香奈美を見た彼の表情が、幾分か明るくなるのがわかった。

「香奈美さん、よく戻ってきてくれたね。ありがとう」

「……千聖が、どうしてもって言うので」

雷蔵の言葉に、香奈美は気まずそうに口を尖らせた。一度逃げてしまった手前、戻るにも勇気が要っただろう。千聖は小声で「ありがとう」と香奈美に伝えた。彼女もまた、小さく頷く。

「あのね、店長の隣に、耕太郎さんがいるの。香奈美には見えないだろうけど、謝りたいって会いに来てくれたんだよ」

香奈美の誤解を解きたいと、千聖は強く思っていた。耕太郎は、妹思いの優しいお兄ちゃんだということを、思い出してほしい。

「だってさ……遅いよ……。お兄ちゃんは、なんでもっと早く会いに来てくれなかったの……？　なんで、今日なの？」

それはもっともな疑問だ。香奈美の声は震えている。怒りと寂しさが綯《な》い交ぜになったような響きだった。香奈美は千聖の手を強く握り、感情が爆発しそうなのを耐えていた。

「それはね、耕太郎さんだけの力じゃここに来られなかったから。十三年経ってようやく、亡くなった人と、この世にいる人の橋渡しができる私たちを見つけて、頼ってくれたの」

千聖がそう説明すると、香奈美は首を横に振った。

「それでも……あの時、私をひとりにしないでほしかった！」

香奈美の悲痛な叫びに、耕太郎の目から涙が一筋、頬を伝って落ちていく。彼もまた、できることならそうしたかったはずだ。千聖はふたりの気持ちが痛いほど伝わって、目を赤くしながら雷蔵の方を見た。

「店長……」

千聖の言葉を介するよりも、ふたりには直接会って話してほしい。そういう想いをもって、目で訴える。雷蔵には正確に伝わったようで、彼は「大切なお友達のために、一肌脱ぎましょう」と言って笑ってくれた。

雷蔵が、耕太郎と香奈美それぞれの肩に触れる。これが、香奈美にも耕太郎が見えるようになった合図だ。千聖は香奈美の手を放して、雷蔵の隣を見るように促した。すすり泣いている香奈美は、ゆっくりと顔を上げる。

「お、お兄ちゃん!?　え、なんで私にも見えるの……？」

「香奈美、俺が見えるのか？」

「……うん。ほ、本当に……お兄ちゃん？　偽物じゃ、なくて……？」

そこにいるはずのない兄を見て、香奈美は立ち尽くした。耕太郎も、香奈美には姿が見えないという説明を受けていたので、何事かと驚いている。しかし、雷蔵の動作を思い出し、香奈美に見えるようになった仕組みを察したようだ。耕太郎は笑いながら泣いているような、ふたつの感情が融合したような表情を見せた。

「そうだよ。香奈美、ごめんな。俺も、死ぬなんて夢にも思ってなくて……八つ当たりして、香奈美を泣かせて。本当に悪かったと思ってる」

ふらふらと、香奈美は耕太郎に向けて歩み出した。弱々しく耕太郎に手を伸ばし、その肩に、腕に触れる。大学生になっても、耕太郎の年齢を追い抜いても、身長は香奈美の方が頭ひとつ分低い。

「香奈美、大きくなったな。あんなに……あんなに小さかったのに。いつも、俺のズボンを引っ張ってたのにな……」

「その声、やっぱりお兄ちゃんなんだ……。ねえ、私、頑張って、生きてきたんだよ。新しいお父さんとお母さんは、すごくよくしてくれるけど……それでも、ずっと寂しかった。本当の家族が、恋しかった……」

「香奈美、ごめん。本当に、ごめん……」

「お兄ちゃん、戻ってきてよ。また、一緒に暮らしたい……！」

耕太郎が言葉に詰まる。泣きじゃくる香奈美を抱きしめ、歯を食いしばりながら溢れ出る涙をどうにか堪えようとしていた。

千聖も雷蔵も、なにも言えない。ふたりが一緒に暮らすことなど無理だと分かっているのに、その事実を突きつけることは、気が進まなかった。

「そうしたいのはやまやまなんだけど、俺はあと少ししかこっちにいられないんだ」

「どのくらい？　どのくらいだったらいられるの？」

香奈美の問いに困った耕太郎が、雷蔵に目を向ける。時間の確認だ。

「夜の十時。それが、タイム・リミットだよ。羽根田さん、〝あれ〟はまだ、渡さないであげて」

「あ、はい！」

耕太郎の願いが完全に叶えられてしまうと、彼は黄泉へと旅立つことになる。まだ彼の身体にその兆候がないのは、恐らくプレゼントを手渡していないからだ。雷蔵が言うのだから、間違いない。千聖は鞄の中に入っているクマのぬいぐるみを、香奈美に見つからないようにそっと奥に押し込んだ。

「それなら、時間まで一緒に過ごそう？　私、お兄ちゃんに話したいことが、たくさんあるよ」

「……香奈美」

「私をひとりにしたことも、許すから。すぐには帰らないで……お願い……」

千聖には見せたことのない、香奈美の甘えたがりな一面。頼りにしていた兄を目の前にして、十三年間封じ込めてきたものが、堰《せき》を切ったように溢れてしまったのだ。

耕太郎は緩く首を横に振り、諭すように香奈美の肩を掴んだ。

「香奈美は、新しい家族とここに来てるんだろ？　家族を放って帰らなかったら心配させてしまう。さっき、香奈美が羽根田さんを心配していたのと同じだ」

「そんなことない……！　それに、お父さんとお母さんとは、これからいくらでも一緒に過ごせるけど、お兄ちゃんとは今しか過ごせないんだよ？」

駄々をこねる妹と、しっかり者の兄の姿。どちらの言っていることにも、千聖は共感できた。

「それは、分からないよ。人は、いつ亡くなるかなんて予測できない。だって俺は、自分が死ぬなんて思ってなかったけど、実際もうこの世界にいないんだ。だから、香奈美には、今の家族と過ごす時間を大切にしてほしい」

それは、立派な兄の言葉だった。寂しさを抱える妹の未来のために言葉を精一杯選びながら伝える姿は、千聖の心を強く揺さぶる。香奈美は子どものようにいやいやと首を振って、耕太郎にしがみついた。耕太郎は困ったように笑いながらも、嬉しそうに鼻をすする。

「一時間だけ、一緒に過ごすか？」

「……うん」

「一時間だけだぞ？　時間がきたら、俺は帰る。いいな？」

「分かった。約束する」

その瞬間、ふたりは十三年前に戻っていた。妹の我儘《わがまま》を叶えてあげるが甘やかしすぎない兄と、兄に甘えはするが聞き分けのいい妹。

眩しいほどの兄妹愛に、千聖の胸が熱くなった。


祭りの会場を、香奈美と耕太郎は楽しそうに散策している。千聖と雷蔵は、数メートル後方からそれを見守っていた。

耕太郎の姿は周囲からは見えないのだと、香奈美に説明はしたのだが、それはまったく気にしていないらしい。香奈美が誰もいない空中に向かって「お兄ちゃん」と話しかける度、近くにいる誰からも奇異の目で見られている。

だが、たった一時間。自由にさせてやりたいというのが、千聖と雷蔵の想だった。

「香奈美。その浴衣、よく似合ってるな」

「ありがとう！　あのね、私まだバイトをしたことがなくて。これは、お母さんたちに買ってもらったの。高校生で自分でお金を稼いでいたお兄ちゃんは、すごいんだなって思ってる」

「俺もたいしたことはしてない。香奈美も働く時がきたら、もらった給料でお母さんたちになにかプレゼントすればいいんじゃないか？」

「あ……それ、私が思ってたことと同じ！　やっぱり、兄妹だ！」

「そうか？」

あれほど幸せそうにはしゃぐ香奈美を、千聖は見たことがない。今までで一番、可愛い素敵な笑顔を振りまいている。

耕太郎が戻ってくることが彼女にとって最良だとしたら、会わせてよかったのか。

そんな疑問が生まれてしまう。

「ちょっと、後悔してる？」

「……え？」

「耕太郎くんを、香奈美さんに会わせたこと」

ふたりには聞こえないよう、隣で雷蔵が呟いた。千聖の気持ちを見透かしたかのように、雷蔵は千聖の顔を覗き込む。

「そんなことは……。でも、耕太郎さんがいなくなった後、香奈美は平気なのかなって思ってしまって」

「そのために、さっき耕太郎くんが話をしていたよね。それに、新しい家族の大切さも、友達がいるありがたみも、彼女はちゃんと分かってるよ」

「……そう、ですね。ふふっ。店長の方が香奈美を理解してるって、私、情けないなあ。友達なのに」

千聖の顔に、自嘲《じちょう》の笑みが零れる。雷蔵はそっと千聖の頭に手を乗せ、この前と同じように優しく撫でた。今回はドキリとはしたものの、飛び退くことはしないで済んだ。少しは慣れたようだ。

「店長……？」

「人間は弱い生き物だ。香奈美さんが辛い時は、君が支えてやればいい」

「……はい」

香奈美の笑顔を見ながら、千聖は心に誓った。これからもっとたくさん会話をして、香奈美のことを知って、自分のことも知ってもらいたい。香奈美が大変な思いをしている時は、自分が支えてやりたい、と。

そしていつか、耕太郎の話を一緒に楽しくできる日が来ることを願った。

一時間は、あっという間だった。一行は、最初の公園に戻ってきた。約束通り、耕太郎は香奈美と別れなければならない。香奈美は別れの予感を前にして、また涙ぐんでいる。

「耕太郎さん、これを」

「はい。ありがとうございます」

千聖がラッピング袋を耕太郎に渡すと、香奈美が目を丸くした。「耕太郎さんの荷物を預かってたんだよ」と千聖が補足すると、合点がいったように頷く。

「香奈美。俺はあの日、事故に遭った日……香奈美にお菓子でも買って帰ろうって、思ってたんだ。それができなかったから、今他のものを渡すね」

「えっ……なんだろう？　開けていい？」

「もちろん」

香奈美は受け取ったプレゼントのリボンを解いて、中身を取り出した。「うわあっ」と歓喜の声を上げてクマのぬいぐるみを抱きしめ、目に涙を浮かべる。

「可愛い……クマちゃんだ！　ありがとう、お兄ちゃん！」

昔、言うことを聞かない香奈美から、耕太郎がぬいぐるみを取り上げようとした際、力余ってぬいぐるみの腕を取ってしまったらしい。それを、耕太郎は悔いていた。香奈美はそのことを覚えていないのか、覚えているが口にしないだけなのか。どちらにしても、喜んでくれて千聖も嬉しかった。

「子どもっぽくないか？　気に入ってくれた？」

「うん！　大切に……するねっ」

「ああ」

香奈美が愛しいものを抱きしめるかのように、クマに頬ずりする。そのクマは、耕太郎と香奈美が、いつまでも心で繋がっていられる証だ。

「それじゃ、香奈美。元気で」

「……うん。お兄ちゃんは、あっちの世界に行くの？」

「そうだよ。でもずっと、香奈美を見守るから。寂しくても、負けるなよ」

「分かった。お兄ちゃんも……元気でね」

「うん」

耕太郎は香奈美の頭を撫でた。本当に愛おしそうに香奈美を見つめる姿に、千聖の胸もいっぱいになる。香奈美は泣きながら、最後に笑顔を見せようと必死だった。

「俺は見送られるのに弱いから、香奈美は先に家族のところに帰って。今日は、ありがとう」

「私の方こそっ……あ、ありがとう。お兄ちゃんっ……」

最後に、香奈美と耕太郎は別れのハグをした。香奈美は名残惜しそうに離れ、涙を拭い、無理に笑顔を浮かべる。背中を向けて歩き出したかと思いきや、何度も何度も振り返っては、耕太郎に「バイバイ」と言う。

「あっ！　ありがとうー！　千聖ー！　店長さーん！」

途中で思い出したように、香奈美は千聖と雷蔵にも礼を述べる。千聖も雷蔵も、手を振り返して頷いた。

あと少しで公園から出るというところで、香奈美は再び立ち止まった。

「お兄ちゃん！　今日は会えて……ほんっとうに、よかった！　だーいすき！」

香奈美はこれが最後だと言いたげに振り返り、空いている方の手を大きく振った。

耕太郎はすすり泣きながら、手を振って応えている。その後すぐに、香奈美の姿は見えなくなった。

「香奈美、行っちゃいましたね……」

「……だね」

千聖と雷蔵は、耕太郎へと向き直る。プレゼントも渡したし、成仏の時が近づいてきているはずだ。

「羽根田さん、鳴神さん。本当に、ありがとうございました」

深く頭を下げる耕太郎の姿が、次第に背景が見えるほどに薄くなっていく。彼の願いが満たされ、黄泉に行く時がやってきた。

「それと、羽根田さん。今後とも、香奈美をよろしくお願いします」

「……はい。お任せください」

「それを聞けて、安心しました」

耕太郎が満面の笑みを浮かべると、次の瞬間、光の粒子が飛び散り、その姿が消えた。千聖と雷蔵は、光が吸い込まれていく夕焼けの空を、しばらくの間見つめていた。

「クマってさ、英単語だと〝bear〟だよね？」

「……そうですね。それがどうかしたんですか？」

時刻は午後六時前。比較的早く隣町から帰ってこられたが、千聖はくたくたに疲れきっていた。雷蔵に千聖の自宅まで送ってもらう道中、雷蔵がおかしなことを口走り始める。

「bearってさ、クマ以外にも〝我慢する〟とか〝支える〟って意味があるけどさ……それって偶然かな？」

「え？」

「香奈美さんがクマを好きなのって、寂しさをじっと我慢している時に支えてくれるような存在だったからかな、と思うんだ……。それも無意識に」

「ほんとですね……もしそうだとしたら、すごい繋がり」

てっきり、疲労で思考が鈍ってしまったのかと思いきや、雷蔵の言葉は的を射ているように感じた。そうだとしたら、耕太郎にもらったクマのぬいぐるみは、これからもずっと香奈美の心の支えになるだろう。

「店長って本当に不思議ですよね……。あの、どうしてあんな力が使えるんですか？」

先日は教えてくれなかったが、千聖は正式に働いているし、もう聞いてもいいだろうかと、千聖は思った。亡くなった人の魂を現世に連れて行くだけではなく、そこで特定の人にだけ姿を見せてあげられるなんて、ちょっと霊感があるくらいでは不可能に違いない。

「……神様の力を受け継いでいるからなんだ」

「神様、の……？」

神様にも多くの種類があると聞くし、漠然としていて、千聖にはよく分からなかった。もう少し突っ込んで聞いてみたかったが、雷蔵がどこか寂しそうに見えたので、ここでやめておくことにした。

「まあ、すぐに信じられるものじゃないかな？」

千聖の沈黙をそう受け取ったのか、雷蔵は苦笑した。確かに、最初に聞いていたら信じられなかっただろうが、雷蔵の力を実際に目にしている今は受け入れられる。千聖は首を横に振った。

「いえ、信じます！　そっか、神様……すごい……」

千聖は雷蔵が答えてくれたことが嬉しかった。またはぐらかされても仕方ないと構えていたが、意外にも教えてくれたからだ。神の力が影響して、初めて出会った時から神秘的なオーラを感じていたのかもしれない。千聖が感動していると、雷蔵は穏やかに笑った。

「そういえば、香奈美さんをうちのバイトに誘う件、どうする？」

「……うーん。ちょっと、今はやめておこうかなって思ってます。耕太郎さんのことを受け止めきるまで、まだ時間が掛かるかと」

「うん。僕もそれがいいと思う。もしも、彼女の方から『店を手伝いたい』って言ってきた時は、歓迎するから。教えてね」

「はい」

アルバイトの人員探しは振り出しに戻ったが、いつかきっといい人が見つかるだろう。それは、香奈美かもしれないし、別の誰かかもしれない。少しくらい休みがなくても耐えようと、千聖は思った。

「羽根田さん、明日のシフトは休んで」

「えっ⁉　でも、店長も休みがないですよ？」

「僕は大丈夫。ひとりでも多く、助けてあげたいから。それにしてもとにかく今日は、羽根田さんの強運に助けられた日だったな」

「強運？　あ、話を逸らさないでください！」

「あはは。ほら、着いた」

あっという間にアパート前だ。雷蔵と話していると、時間の流れが早く感じるのは気のせいだろうか。

「君は一週間頑張りすぎたから、ゆっくり休むんだよ。明日、勝手に出勤してこないように」

「……はい。お休み、ありがたく頂戴します」

「うん、また月曜日に。お疲れさま」

「お疲れさまでした」

彼の言う通り、今日の千聖は強運だった。これがもし、千聖が香奈美と友達ではない、赤の他人だったら。旧姓のままの香奈美を探すとなると、依頼の達成は不可能だったかもしれないのだ。

もう二度と会えないとしても、香奈美は耕太郎の優しさを胸に抱いて生きていくだろう。千聖は、あんなにも妹思いの兄を持つ香奈美が、羨ましくてたまらない。

「それに比べて、うちのお父さんは……」

改めて父の悟には、耕太郎の爪の垢《あか》を煎《せん》じて飲ませたい、と千聖は悔しく思った。

第三話　七色のチョーク

五月も中盤にさしかかった水曜日。ゴールデンウィークの繁忙期を無事に乗りきり、千聖はすっかりもう、一人前《いちにんまえ》に働けるようになっている。

知春の時以来、時間を掛けて遠くに出るような依頼は、運よく舞い込んでいない。『家族に会いたい』、『ひとり暮らしで飼っていたペットに会いたい』、『病院で最期を看取ってくれた、看護師と医師に礼を言いたい』など、願いは人それぞれ。彼らと関わるうちに、人を想う心の温かさや、想いを伝えることの大切さ、命の重さを、千聖は学ばせてもらっている。

そして、今日は千聖にとって、人生初の給料日だった。四月分だけなのだが、雑貨Hyssopは驚くほどに時給が高いので、給料袋の中に一万円札が四枚も含まれていたのだ。

「ねえ、お母さん。私、初めてのお給料をもらったからさ、今度ふたりで食事でも行かない？」

バイトから帰ってきて、母・麻唯子との夕食時。千聖は日頃の恩を返そうと、麻唯子を食事に誘った。千聖の言葉に麻唯子は顔を輝かせる。

「あら、いいの？　嬉しい！　どこに行く？」

「せっかくだし、ちょっと高めなレストランにしようよ。お洒落してさ」

「まあ……楽しみ！　高級レストランなんて、何十年振りかしら」

悟の残した借金は滞《とどこお》りなく返済しているのだから、たまの贅沢《ぜいたく》くらい許してもらえるだろう。いくらもらったのか聞かれたので答えると、麻唯子はかなり驚いた様子だった。

「千聖、あまり稼ぎすぎると、あなた私の扶養《ふよう》から外れないといけなくなるわよ？　保険料とか税金を、結果的に多く払う羽目になるかも」

「えっ！　そうなの!?」

「うん。年間、百三万を超えたら……だったはず」

「分かった！　じゃあ、店長にも言っておかないと……」

学生がアルバイトする際の注意点に関して、千聖は無知だった。稼げるだけ稼いでいいと思っていたのだ。まだまだ勉強が足りないと反省していると、麻唯子が千聖を励ますように微笑んだ。

「千聖が楽しそうに働いてるから、お母さんも嬉しいな。店長さんも、いい人なんでしょ？」

「うん。少し不思議な人だけど、優しいし、私が困っているといつも助けてくれるし、頑張ったらちゃんと褒めてくれるよ」

「そうなのね。何歳なのか聞いてる？　一度お店に行ってみた時は、まだ若そうに見

「あ……。そういえば、聞いてない」

雷蔵は、その外見から二十代半ばだろうと千聖は予想はしているが、年齢を直接聞いたことはない。そもそも、雷蔵の個人情報は、名前以外ほとんど知らないのだ。どこに住んでいるのか、出身地、趣味や特技、好きなもの——そして、恋人の有無も。

最後のひとつは知らなくてもいいような気がするが、千聖が彼の年齢すら知らないのは、まだ完全には雷蔵から信用されていないことの表れかもしれない。このままではまずいかもしれないと、千聖は焦った。

「聞く。聞いてみる！」

「そうね。お母さんも気になるわ」

「えっ!?　店長って、お母さんの好み、なの……？」

麻唯子の発言に、千聖は軽く衝撃を受けた。雷蔵は、悟とはかなり違う。年齢や見た目だけでなく、性格そのものが、だ。もしも雷蔵のような人と麻唯子が結婚していたら、こんな苦労をする羽目にもならなかっただろう。

千聖の驚きように、麻唯子はくすくすと笑った。

「違うわよ。千聖と相性がよさそうに思えるから。そのあたり、どうなの？　好きになってはいないの？」

「……えーっと。恋愛感情とか、そういうのは……ないです。格好いいな、とは思うけど……」

「あら、歯切れが悪いわね」

千聖は、生まれてこの方、男女交際なんていう難易度の高いことを経験したことがない。好きな人はその時その時でいたがどれも片思いに終わったし、誰かに告白されても、その人を好きでなければ断った。雷蔵のことは、人としては好きだし尊敬もしているけれど、それは憧憬《どうけい》であって恋ではない。

知春と信一のように、互いに好きでたまらないと思える相手が、この先現れるのだろうか。まだ会ったこともない男性を想像してみて、千聖はひとり、照れてしまった。

「千聖は、お父さんとは正反対の人がいいのかなって、ちょっと思ってたのよ。もし好きな人ができたら、お母さんにも教えてね？」

「……うん、分かった。自分でも好みのタイプとか分からないけど」

母親というのは、娘の恋愛事情も気になるものなのだろうか。仕事の疲れも見せず、いつになく嬉しそうに笑う母に対し、千聖はそう約束した。

翌日、木曜日。大学の授業が終わり香奈美と別れて、今日もアルバイトに向かう。その道中、千聖は麻唯子と話した例の件を思い出した。

「おはようございます」

「あ、羽根田さん。おはよう」

「本日もよろしくお願いします」

「うん、よろしく」

雷蔵は発注作業の真っ最中で、タブレット型端末を操作していた。ディスプレイには商品名と単価、数量が表示されている。店内の客はまばらで、ちょうど在庫管理に取り組める時間なのだろう。忘れないうちに年齢を聞いておきたかったが、業務中であるため終業後にすることにした。

それにしても、雷蔵の真剣な横顔はいつ見ても格好いいものだ。端正な顔立ちに、優しくて仕事ができる男という付加価値まで乗っかっているのだから、今までも周囲の女性が放っておかなかっただろう。現に、雷蔵目当てで常連客と化している女子学生やOLが何人も存在する。香奈美が『モテる要素満載』と言っていた意味が、ようやく千聖にも分かった。

「あの、羽根田さん?」

「はい?」

「そんなに見られると、照れるんだけど……。穴でもあきそう。なにか僕に話したいことでもあるの?」

「あっいえいえ！　店長って仕事できるなあ～って思って見ていただけなので……」

「そう？　ふふっ。ありがとう」

ごく自然に褒めてしまい慌てる千聖を、雷蔵は特に気にすることもなく発注作業に再度集中し始めた。母があんなことを言うからだと、麻唯子のせいにしながら、千聖は控え室に行ってエプロンと名札を着けた。

深呼吸をしてもまだ、心臓が暴れている。これは恋ではない。だが、恋ではないならなんなのか。それは判然《はんぜん》としない。千聖は首を傾げた。

「こんにちはー！」

不意に聞き慣れた声がして千聖が慌てて店内に戻ると、予想通り、そこには香奈美がいた。雷蔵が先にあいさつをしている。

「香奈美！　どうしたの？」

「さっき千聖に聞き忘れちゃって。せっかくだから追いかけてきた」

「え？　なにを？」

「えへへ～」

香奈美は悪戯《いたずら》をする子どものように笑ってみせ、その後雷蔵に向き合った。

「ここって、アルバイトはまだ募集してますか？　千聖を見てたら、私もここで働いてみたくなって……」

雷蔵と顔を見合わせ、笑い合い、同時に頷く。彼女の方からそう言ってきてくれることを、千聖は心の底から願っていたのだ。

「待ってたよ、香奈美」

「ほんと？　えっ……じゃあ、誘ってくれたらよかったのに！」

「いや、なんか遠慮しちゃうじゃない？」

「お兄ちゃんとのことなら、もう大丈夫だってば。というかあれがきっかけで、この店のことが気になってたし」

耕太郎の一件で香奈美の心にあったしこりが取れたのか、耕太郎や前の家族のことなど、以前は話さなかったことも最近は話してくれるようになった。耕太郎と再会できたからこそ、こんな香奈美が見られるようになったと思うと、千聖も嬉しい。

香奈美と千聖は軽く抱き合って、喜びを分かち合う。千聖の時と同様、履歴書がなくても面接はできるようだ。香奈美は雷蔵と一緒に控え室へと入っていった。

千聖が働きすぎないで済むよう、雷蔵に相談しようとしていた矢先のことだ。正式に香奈美の採用が決まれば、千聖も休みがもらえるようになる。それに、香奈美なら雷蔵やこの店について既にある程度知っているし、詳しい説明をしても容易く理解してくれるだろう。いい友達を持ったものだと、千聖は誇らしかった。

その後、香奈美はあっさりと面接に合格した。雷蔵も大歓迎だったらしい。閉店後、香奈美には来週の月曜からシフトに入ってもらえることになったそうだ。

千聖は雷蔵からそれを聞き、きちんと自分のことも相談しようとしていた。

「店長」

「うん？」

「ちょうど香奈美が来てくれることになったから、お願いがあるんですけど。私のシフト、減らしてもらえないでしょうか？」

「え……どうして？」

給与をもらいすぎて、親の扶養から外れてしまう可能性があることを話すと、雷蔵も納得したようだった。千聖が入れるだけ働きたいという姿勢だったので、今まで特に気にしていなかったらしい。

「分かった。そういうことだね。僕も配慮が足りてなくてごめんね」

「いえいえ！　私が無知すぎたのがいけないので……！」

雷蔵に謝られるとなんだか申し訳なくて、千聖は小刻みに顔を横に振った。その様子がおかしかったのか、雷蔵はふっと軽く笑った。

「香奈美さんが入ってくれる平日は、羽根田さんのシフトを減らそうか。でも、土日の僕のアシスタントは、今後も羽根田さんにお願いしたいんだけど、それでもいい？」

「はい。私も土日の仕事は続けたいので。こちらこそ、よろしくお願いします」

「よかった。君ほどよくできる子は、なかなかいないから。僕の方こそ、よろしくね」

雷蔵に頼りにされているという実感が湧いてきて、千聖は照れていた。頭を下げながらも、ちょっとだけにやりとしてしまう。

「夕方、それを言いたくて僕の顔を見てたんだ？」

「はい。それもあります」

「それ〝も〟？ 他にもなにかあるの？」

これはチャンスだ。年齢を聞いてしまおうと、千聖は両手に拳を作り、勇気を振り絞った。

「あの！ 店長って、おいくつなんですか⁉」

「え、年齢？ 気になる？」

「はい。母も気にしていまして……」

麻唯子を言い訳に利用するあたり、千聖は心臓が強《したた》かになってきたかもしれない。それでも、少しだけ良心が痛んだ。急な質問に動きを止めていた雷蔵だったが、なにかを察したように苦笑すると、すぐに口を開く。

「二十五歳だよ」

「あっ……予想と同じでした。答えてくださって、ありがとうございます」

「あれかな？　僕が若すぎて、ちゃんと店長をやれているかどうか、お母様が心配されてるの？」

雷蔵の性格なら、そういうことを気にしそうだ。千聖が麻唯子を理由に持ち出して年齢を聞いてしまったから、余計な不安を与えてしまったようだ。千聖は反省して、すぐに否定した。

「あっ、いえいえ！　そんなことはないです。母も店長のこと褒めていましたので」

「そうなんだ。今日はなんだか、たくさん褒められる日だな。やったー」

雷蔵が両手で軽くガッツポーズを作り、はにかんだ。成人男性がする仕草にしてはあまりにも可愛すぎて、千聖の胸がきゅんとなる。

何も反応できずにいると、千聖からの突っ込みを期待していたのか、雷蔵は恥ずかしそうに耳を真っ赤にして腕を下ろした。

「えっと……羽根田さん、そろそろ上がってね」

「あ、はい！　本日もお疲れさまでした！」

年齢も教えてくれたし、土日のアシスタントは千聖に頼みたいと雷蔵ははっきり言った。信頼関係は着実に築けてきているようだ。それが嬉しくて、千聖は店を出て、誰もいない道をスキップしながら家に帰った。

「ただいまー」

「千聖、お帰り。ご飯できてるよー」

「わー、いい匂い」

自宅の玄関を開ければ、麻唯子が夕食を作ってくれていた。千聖の好物、餃子《ぎょうざ》もある。洗面所で手洗いうがいを済ませて戻って配膳をしたら、ふたりだけの夕食時間だ。

「お母さん、あのね。香奈美がうちのバイトに入ることになったよ。だから、私のシフトも減らしてもらえるって」

「あら、香奈美ちゃんも？　よかったわね。それで、さっきから機嫌がいいのね」

「うん！」

それだけではない。千聖は自分でも気持ち悪いと思うくらい、にんまりとする。褒められたことは自慢になってしまいそうだから、胸の内に秘めておくことにした。

「あと、店長の年齢も聞いてきた。二十五歳だって」

「やっぱり。そのくらいだと思っていたの。千聖とも七歳差なら、全然問題なさそうだし」

「だから、そういうのじゃないんだってば……」

麻唯子は目尻に皺《しわ》を寄せ、千聖を茶化すように笑っている。

そろそろ恋をしてみてはどうか、という麻唯子なりの気遣いなのかもしれない。しかし、千聖にはあんなにも好条件の揃った相手はもったいなさすぎる。雷蔵にはもっと、相応《ふさわ》しい相手がいるだろう。

どうにかこの話題から逃れられないものかと、ふたりで行くレストランの候補の話に切り替える。イタリアン、フレンチ、中華のどれがいいかと麻唯子に聞くと、「フレンチ」と即答された。

「へえ、お母さん、フレンチが好きなんだ？」

「好きというか……。お父さんにね、結婚したばかりの頃にフレンチレストランに連れて行ってもらったことがあるの」

その言葉に、千聖はぴくりと反応した。悟との思い出があるからフレンチがいいということなのだろうが、素直には承認しがたい。

「あ……そう、なんだ。初めて聞いた」

「ごめんね、お父さんの話を出して。すごく懐かしい感じがするから、そういうお店がいいなって」

千聖は箸を動かす手を止め、アンバランスな気持ちと戦っていた。これは、長年苦労してきて、今も仕事を頑張っている麻唯子を労《ねぎら》う外食なのだ。麻唯子の希望を叶えてあげたい。

けれど、娘とふたりの席なのに、悟との思い出を懐かしまれるとなんだか悔しい。

千聖は嫌悪感を表情に出さないよう必死に耐え、「分かった」と言って愛想笑いを浮かべた。

悟は、麻唯子にとって永遠の恋人であり、愛していた夫なのだ。あんな最低な父親に勝負で負けてしまったように感じて、千聖はそんな気分を払拭するために、いつもより多く餃子を食べた。

週末の土曜日。今日も狭間世界で新たな客を迎える。開店前の業務を終えて、午前十時ちょうどに、雷蔵が入り口のプレートを【OPEN】に変えた。景色がマーブル状になり、雷蔵が扉を閉めて戻ってくると、数十秒後に客がやってくる。その流れには、千聖もだいぶ慣れてきた。

今回は、黒いスーツと白いシャツを着た女性。年齢は、恐らく四十代後半から五十代前半といったところだろうか。ひっつめの黒髪を後頭部でひとつに束ね、きりっとした眉毛と猫目に、上品で知的さを感じさせる化粧を施している。第一印象は、仕事のできるキャリアウーマン、そのものだ。

「いらっしゃいませ」

「ようこそ、狭間雑貨店へ。ここは、あなたの未練を解決する店です」

三回目の接客から、第一声を千聖が、続いて雷蔵が言うように変えた。雷蔵とも連携が図れるようになってきて、千聖は僅かだが自分の成長を感じている。

ふたりで一緒にお辞儀をすると、女性はきょとんとして店内をきょろきょろと見回す。この反応も、慣れっこになってきた。

「えっと、あなた、〝未練〟と仰いました？」

「はい。お客様が、黄泉でも現世でもないこの世界を彷徨われていたということは、生前になにかしらの後悔や無念を抱えている、ということです」

「……なるほど。私のような者たちに対して、その未練を解決に導く手助けをしてくださる店、ということかしら」

「え……あ、その通りです」

女性は特に混乱することもなく雷蔵の言葉を分析し、落ち着き払ってそう言った。今までの客と比べるとかなり理解が早く、言葉遣いも洗練されており、知的で高貴な雰囲気が漂う。

千聖も雷蔵も、仕事に対して手を抜いたことはないが、彼女の前で少しでも粗相《そそう》をしようものなら、こっぴどく叱られそうだ。彼女のそういう佇《たたず》まいに、千聖は背筋を正した。

その間に、雷蔵がぎこちなく彼女をいつもの部屋に案内する。雷蔵ですら緊張しているようだった。店員側が緊張しているという状況は、初めてかもしれない。

雷蔵に促されるまでもなく、千聖も定位置に移動する。女性はこちらが見惚《みと》れるほどに綺麗な姿勢で椅子に腰掛け、雷蔵と向き合った。

「ぼ……私が、店長の鳴神です」

「アシスタントの羽根田です」

「鳴神さんに、羽根田さん、ね。覚えました。わたくしは、藤山桃代《ふじやまももよ》と申します」

柔らかく、そして優雅に、桃代はお辞儀をした。あいさつまでもが完璧だ。千聖と雷蔵は、更に気を張り詰めさせた。雷蔵に至っては、一人称が『僕』から『私』になっている。緊張している客をリラックスさせるのが店側の役目なのに、一体どうしたことか。

「えー……大変恐れ入りますが、亡くなった時のご年齢とご職業を伺っても……よろしいでしょうか？」

「えっ。あなた、女性に年齢を聞くというのが、どういうことか分かっています？」

雷蔵の遠慮がちな質問に対し、桃代は眉根を寄せた。確かに失礼にはあたるだろうが、そこまで怒ることなのか。千聖も、彼女くらいの年齢になればそう思う日がやってくるのかもしれない。想像はつかないが、今はとにかく心の中で雷蔵を応援した。

「……はい。重々承知しております。ですが、ご依頼を正確に把握するためにも、必要な情報のひとつですので、皆さんに伺っております。ご理解いただけませんか？」

雷蔵が申し訳なさそうに訴えかけると、桃代は意外にもすんなりと表情を和らげた。千聖は意表を突かれる。

「分かりました。ごめんなさい、ちょっと意地悪してしまいましたね。当時は五十一歳で、高校で英語科の教師をしておりました」

千聖は、その職業が彼女にぴったりだと妙に納得した。叱られてしまいそうだと思わせたのは、彼女の厳格な教師という側面が滲み出ていたからだ。雷蔵は苦い笑みを浮かべながら相槌を打ち、聞き取った情報をメモ用紙に記入している。

「おふたりとも、なんだか緊張されてます？　やだ、意地悪したのがいけなかったかしら……。どうぞ力を抜いてください」

桃代の言う意地悪は、彼女なりのユーモアだったのかもしれない。その言葉に千聖と雷蔵は目を見合わせ、ぎこちなく笑った。自然体でも大丈夫そうだと、千聖は意識して肩の力を抜いた。

「お気遣いありがとうございます。そうしましたら、藤山さんとお呼びしてもよろしいですか？」

「もちろんです。ああ、わたくしのこういうぴりっとした雰囲気が嫌われるのよね。直そうと思っても、癖になってなかなか直らなくて。現役時代も、多くの生徒たちから敬遠されていたんです……」

桃代は頬に手を添え、これまた上品に溜め息をついた。なぜこんなに優雅な所作ができるのか。千聖は、自分がいつか五十代になってもこんな風にはなれないだろうと、羨望《せんぼう》の眼差しで彼女を見ていた。雷蔵は彼女の悩みを受け止めたかのように、柔らかく微笑む。

「亡くなられた当時の、西暦や日時はお分かりでしょうか？」

「ええと、二〇一七年の十二月です。わたくし、四十代の頃から心臓を患っていまして、それでも教師の職を全うしたく、お医者様にも無理を申して頑張っていたんです」

「なるほど。それで、限界がきてしまわれたんですね」

「はい。最期は、担任をしていたクラスの生徒たちの前で倒れる、という失態を見せてしまいまして。お恥ずかしい限りです。子どもたちには病気のことを隠していたので、きっとびっくりしたと思います……」

桃代は目を伏せた。じっと床を見つめ、倒れた時のことを思い出しているようだ。

桃代自身も苦しかったはずなのに、生徒たちを想う気持ちの方が強いのだろう。

彼女の未練が、ぼんやりとだが見えてきた。真面目に、熱心に努力をしてきた桃代だからこそ、そんな最期は許せなかったのだ。千聖は掛ける言葉が見つからず、黙っていた。それは、雷蔵もきっと同じだった。

ふと、桃代が顔を上げ、真っ直ぐに雷蔵を見据えた。

「湿っぽくなってしまったわね。わたくしは、子どもたちが卒業するまで見守りたかったのです。それなのに病気のことを隠して、衝撃的な場面を見せた上に、弁明する暇もなく死んでしまったことを、謝罪したいのです」

「それが、藤山さんの未練、ですね？」

「はい。わたくしの両親は既に他界しておりましたし、兄弟も恋人もおりません。これまでの人生を全て子どもたちのために、愛情を注いできたんです。だから、お願いできるのならぜひそうしたいわ」

「少々、お待ちください……」

雷蔵の声に、戸惑いが滲んでいる。過去最高に難しい依頼だ。雷蔵は情報を書き込んだ紙を凝視して、考え込んでいる。もしも、桃代の依頼を引き受けられない場合は、どうするのだろうか。

彼女が希望しているのは、恐らく、働いていた当時、つまり二〇一七年の環境に戻ることだ。今までの客は全員、現世で時間が経過していることを理解してくれていたので、この問題にぶつかることはなかった。時間の問題が絡まると、一気に複雑化してくる。

「担当していたクラスの、学年を教えていただけますか？」

雷蔵はそんな質問をした。千聖は、はっと気付く。まだ可能性が残っていた。

「一年生です。病状を考えても、卒業を見送れる最後の生徒たちだと思って接しておりました」

「あ、それでしたら……間に合いますね」

「え？　どういうことかしら？」

雷蔵が安堵したように笑い、紙に西暦を書き込んでいった。その横に、今度は学年を書く。それを、首を傾けて待っている桃代に見せた。

「藤山さん。今、現世は二〇一九年なんです。あなたが亡くなってから、約一年半が経過しています」

「一年半……？」

桃代は紙と雷蔵を交互に見ながら、数回瞬きした。雷蔵はいつも通り、狭間世界には時間の流れが存在しないことを説明する。

「あら、そうでしたの？　では、生徒たちは三年生……受験生になっているのですね」

「そうなります」

「あの世代の子どもの成長は凄まじいですから。ああ、会えるなんて楽しみだわ」

桃代が目を輝かせた。驚いたかと思いきや、すぐに子どもたちの成長した姿を思い浮かべたのか、穏やかな笑みを浮かべている。最初の印象よりも、表情豊かな人のようだ。

　今回は運よく生徒たちがまだ卒業していないので、会いに行くことができる。いや、いつも運に助けられているかもしれないが。

「僕もタイムリープをできるほどの力を持っていればよかったのですが……。藤山さんを現世に連れて行くのが精一杯なんです。それも、今日この後から十二時間だけ、という制限があります」

「分かりました。子どもたちに会えるのなら、それで構いません。わたくしが早とちりをしてしまって、申し訳ないわね」

「いいえ。生徒さんの卒業を見届けることはできませんが、藤山さんの想いを伝える方法を、一緒に考えましょう」

「はい」

　そこから更に、雷蔵は彼女から情報を聞き出していく。桃代が勤めていた高校があるのは、この県のK市。県内ではあるが少し距離があるので、片道一時間前後掛かる。いつものごとく計算すれば、現地に着くのは正午くらいだ。

「あら、県内……？　この店はどこにありますの？」

　千聖と雷蔵の会話を聞いて、桃代がそう質問してきた。千聖が「N市です」と答えると、桃代は懐かしそうに目を細める。

「まあ、わたくしが生まれて学生時代までを過ごしたところです。偶然ね」

そんな偶然、あるわけがない。千聖は雷蔵を見た。知春も、香奈美も耕太郎も、そして桃代まで、〝偶然〟この町の出身だというのか。この店を訪れる客は、この町の出身者であるという共通点が、元々あったのではないか。

「店長、これって……？」

「気付いたね」

雷蔵はもちろん、初めから知っていた。今まで特に驚く素振りがなかったのも、そのためだ。千聖に自分で気付いてほしくて、黙っていたのか。それとも、別の理由があったのか。顔をほころばせているところを見ると、どうやら喜んでいるようだ。

「どうしました？　なにか問題でも？」

「あっ、いえいえ……！　今回はお会いする人数が多いので、どうしようかと……」

不審がる桃代に、千聖はうまく誤魔化しながら笑顔で答えた。雷蔵の本心が見えず、なぜか少しドキドキしている。

「そうね。負担を掛けてしまうわね……」

しかも、今日は土曜日だ。ほとんどの学生が、部活動や自由な休日を過ごしているはずである。桃代が受け持っていた生徒数は三十三人。全員に会うのは難しいことのように思える。

「藤山さんが生徒全員に会えるよう僕たちも全力で努めますが、今日が土曜日ということもあって、なかなか厳しいかと思います」

「……はい。ただでさえ、一度死んだ人間が、子どもたちに会いたいなんて我が儘を言っているんですもの。制限があって当然だわ」

そうは言っても、本心では三十三人全員に会いたいだろう。桃代はぐっとそれを呑み込んでいるようだった。正真正銘の、大人だ。雷蔵もそれを察した上で、笑いかけている。

「ご理解いただけて、安心しました。部活動に来ている子がひとり以上は確実にいると思います。彼らにも協力を仰ぎましょう」

「ええ。ありがとう。一生懸命考えてくださって……」

桃代は感極まったのか、目頭を押さえて泣くのを我慢している様子を見せた。突然のことに、千聖と雷蔵は互いの顔を見たが、どちらもその理由は分かっていない。

「ご、ごめんなさいね……。人に優しくされたのなんて、病院以外では久しぶりで。生徒の前でも厳格でいなくてはならないって思ったら、ずっと気を張ってしまうし。陰で『ガミガミ桃代』なんて言われて、馬鹿にされていたんです」

「それは、担当していたクラスの生徒たちからも、ですか？」

雷蔵が尋ねると、桃代は首をゆっくりと左右に振った。そして、生徒たちの顔を思い出しているのか、愛おしそうに笑う。

「……いいえ。クラス全員とは、連絡ノートでひとことコメントのやりとりを毎日続けていたので、それなりに打ち解けられていたと思います。文字だと、なぜか素直になれるんです。それはきっと、子どもたちも」

「それ、とっても素敵です。私、そんな先生に教えられたいです!」

千聖は無意識のうちにそう言ってしまうくらい、桃代の話に聞き入っていた。完璧そうに見える彼女にも、不器用な部分があったのだ。いい先生でありたい、生徒たちが可愛くてたまらない。そういう想いが、空回っていただけだ。生徒を想う心は、教師の鑑《かがみ》で間違いない。千聖の言葉に、桃代は頬を真っ赤にして、嬉しそうに笑った。

「ありがとうございます。あなた、大学生?」

「はい。今年の三月に高校を卒業したばかりです」

「そう。この先いろんなことがあるけれど、わたくしみたいな未熟な大人にならないように、あなたは自分らしく、伸び伸びと生きてくださいね」

「藤山さん……」

彼女は、自分自身を〝未熟〟だと思っているのだ。自己評価が低く、自信がもてていない。もしかしたらそれが、生徒から距離を置かれていた原因なのだろうか。掛けるべき言葉が見つからず、千聖は小さく何度も頷いた。助けてあげたい、と強く願う。

桃代の愛情を受けた生徒たちは、桃代を未熟な人間などと思ってはいないはずだ。

雷蔵も、依頼を引き受ける方向で話を進めた。いよいよ、条件を切り出す時だ。

「ご依頼を引き受けるにあたり、ひとつ、条件があります」

「……そうでしょうね。こんな大変なこと、慈善《じぜん》事業ではできないですもの」

既に心構えはあったのか、桃代は不敵に笑って肩をすくめた。どんな条件を提示されても、呑むつもりでいるのだろう。

「はい。当店の商品からひとつだけ、必要だと思われるものを購入していただきます」

「……あら？　本当にそれだけでいいのですか？　もっと大きな対価を要求されるかと思っていました。といっても、たいしたものは持っていませんけど」

桃代の反応に雷蔵は笑った。そして、次の話へとすかさず繋ぐ。再度、十二時間の時間制限について、生徒たちからは桃代の姿が見えないことを説明していった。

「他の注意点として、必ずしも藤山さんの願いを叶えられるとは限りません。願いが満たされれば、あなたは黄泉に召されます。満たされずに終わった場合は、また狭間世界に戻ることになります。その時は、次にいつこの雑貨店に来られるかは分かりません。それでもよろしいでしょうか？」

「……ええ。分かりました。よろしくお願いします」

契約は成立した。雷蔵と桃代が握手を交わして店内に戻る。ここで、桃代自身が必要だと思うものを購入してもらわねばならない。

今まではほとんどの人がプレゼント用の商品を購入していたが、桃代の場合、相手が大勢だ。ひとつだけ選ぶということであれば、桃代はどれにするのか。千聖は興味があった。

「教師に必要なものとなれば、〝あれ〟しかないでしょう」

桃代はもう決めてあるらしい。棚をあちこち見回しながら、そのなにかを探している。

「あれ、とは……?」

千聖と雷蔵は同時に聞いた。商品の場所はあらかた把握している。言ってもらえれば見つけられるだろうが、もしなかったらどうしよう、と千聖はハラハラし始めた。

「チョークです。できれば、書き心地のいい、丈夫で手に粉がつきにくいものでお願いします。学校の備品だと、黒板の反りに対して相性が悪くて、すぐに折れてしまうんです。それで、わたくしはいつも自前のチョークを持参していました」

「あ、チョーク!」

千聖は一安心した。チョークなら、先日、七色のチョークが入荷したばかりだ。自宅でチョーク遊びをする親子の層に向けてのものだったが、まさかここで役立つとは思いもよらなかった。千聖はすぐに取りに行った。

「こちらです」

「あら、綺麗」

「黒板に、なにかを描かれるんですか？」

「……はい。そのつもりです」

白・赤・黄・青・緑・茶・橙《だいだい》の七色が入ったケースを受け取った桃代は、成分表を確認しながら微笑んだ。子どもでも簡単に扱えるように頑丈でさらさらと書けるし、粉が落ちにくいチョークだ。彼女の言った条件を見事に満たしている。

これも偶然だとしたら、この店はえらく幸運に恵まれているようだ。

桃代はポケットから折りたたみ式の財布を取り出し、レジで雷蔵に八百円を支払った。千聖はその間に、チョークの箱を小さな紙袋に入れる。ラッピングをしないのは少しだけ寂しいが、このチョークで桃代の想いが黒板に描かれることだろう。なにが描かれるのか楽しみだ。

表のプレートを【CLOSED】に変え現実世界に戻ってくると、電車とバスの経路を雷蔵が調べてくれた。

今日の依頼も労力を伴いそうだが、桃代のため、彼女が大切にしていた生徒たちのためだ。千聖は意気軒昂《いきけんこう》として、店を出た。

「あなたたちだけお弁当を食べられるなんて……。できるなら、わたくしから見えないところで食べていただきたかったわ」

「も、申し訳ありません……」

「まあ、死んでしまったらお腹も空かないのだと気付かなかったわたくしも悪いです。お互い様ね」

電車を降りてバスに乗り換える短時間で、雷蔵と千聖は軽い昼食を済ませた。先日の祭りの時は空腹のまま夕方まで耐えたが、今日は長丁場になりそうだったからだ。だが、桃代の前で嬉々として弁当を食べたのは配慮が足りなかった。これまでの依頼人にも不快な思いをさせたのかもしれないと、今は深く反省している。

「藤山さん、僕たちの配慮が欠けており、大変失礼いたしました。以後気をつけますので……」

雷蔵も千聖と一緒になって頭を下げる。これでは、先生に叱られる生徒たちそのものだ。桃代も長いこと食事をしていないから、羨ましかったのだろう。

「あっ……！　生徒たちに注意するのと同じように接してしまいましたね。こちらこそ、ごめんなさい。わたくしの悪い癖なんです。こんな性格ですから、この年で友達のひとりもいません」

桃代の言葉にどう反応していいか分からず、千聖も雷蔵も黙ってしまった。自分たちの二倍以上を生きた人だ。「そうですね」とも言えないし、安易に否定するのも社交辞令として受け取られるだろう。

桃代は、千聖と雷蔵のそんな気持ちをくみ取ったのか、「さあ、行きましょう」とわざと明るく言ってくれた。

バスで移動後、一行は午後一時すぎにはK市に到着し、桃代がいたS高校へと歩いて向かった。

敷地内に入ると、外で練習をする部活動生の掛け声や、音楽室からは吹奏楽部の音がする。校舎の玄関には、【監視カメラ作動中。ご用の方は職員室でお手続きください】という貼り紙がしてあった。

そこから建物内へと進み、まずは職員室を探す。部外者の入場については、数十年前に比べて厳しく管理されるようになったのだと桃代が教えてくれた。彼女の案内に従って、職員室へは迷わずに辿り着くことができた。

「こんにちは。お忙しいところ恐縮ですが、どなたかご対応をお願いできないでしょうか」

職員室の引き戸を開け、雷蔵がそう言った。見慣れぬ来訪者の登場に、休日出勤している教師たちが一斉に振り向いて硬直する。胡散《うさん》臭い勧誘業者だとでも思われていそうだ。

「はい。失礼ですが、どちら様でしょうか？」

「私は、以前こちらにお勤めされていた藤山桃代先生の知り合いで、鳴神雷蔵と申します。こっちは同じく知り合いの羽根田です。本日は、藤山先生の生前のご意向に沿って、彼女が担当されていた生徒さんたちにごあいさつをしたく、やって参りました」

桃代より少し年下にあたるくらいの、女性教師がやってきた。桃代の説明によると、当時、一年生の学年主任を務めていた先生だそうだ。雷蔵が見事にあいさつをこなすと、その端正な容姿も相まって女性教師たちが彼に釘付《くぎづ》けになっている。

「ああ、藤山先生の……。あいにく今日は授業がありませんし、学校に出てきている生徒もまばらかと思います。それでもよろしければ、入校許可証をお出ししますが」

彼女の声は、ひどく素っ気ない。抑揚もないし、にこりともしない。千聖はちょっとだけ怒りを覚えるが、突然訪ねてきた手前、文句は言えなかった。黙って堪えていると、雷蔵はにこやかに口を開く。

「ありがとうございます。それで問題ありません」

「それで、藤山先生が担当していた生徒たちのことは、誰かひとりでもお分かりですか？　生徒名簿などは個人情報が多く載っていますし、部外者の方には基本的にお貸しできません。私も、当時の藤山先生の担当生徒が誰だったかまでは、把握しておりませんし……」

雷蔵の横に桃代が並び、「委員長をしていた、弓道部の河井久乃《かわいひさの》という子を訪ねれば大丈夫です。その子だけ知っていると言ってください」と耳打ちした。雷蔵がそう女性教師に伝えると、彼女はほっと胸を撫で下ろしている。できるだけ桃代のことには関わり合いになりたくない、という印象を千聖は受けた。

桃代が自分で言っていたように周囲から好まれておらず孤立していたのなら、生徒を教える立場にある教師たちこそ、彼女の力になってやるべきではなかったのだろうか。病気の身体なのに、それを隠して働いていたことは許されることではないかもしれない。だが、そうするに至った彼女の信念も理解してほしい、と千聖は思った。だがまずは、桃代が教えていた生徒たちがそれを知るべきだ。

桃代は先程の女性教師の態度など意に介さず、ほくほく顔で校舎を歩いて行く。雷蔵と千聖は入校許可証をもらうと、それを首から提げ、職員全員に礼を述べてから彼女を追いかけた。向かうは、弓道部の練習場だ。

中庭の渡り廊下をすぎると、体育館の横にその練習場が見えてくる。矢が的に中《あた》る破裂音がいくつか聞こえた。

桃代が外から練習の様子を覗き、「久乃さんがいます」と言った。久しぶりに会う生徒は少し大人っぽくなっていたのか、桃代は感嘆の声を上げながら練習風景を見ている。その姿は、子どもたちを愛する教師そのものだった。

「羽根田さん、久乃さんに会ってみよう」

「はい」

ふたりが練習場へと足を踏み入れると、来訪者に気付いた生徒たちが次々とふたりにあいさつを始めた。礼儀正しい生徒ばかりだ。千聖たちもあいさつを返しながら「河井久乃さんはどなたですか？」と呼びかけた。

複数の生徒が指をさした方向から、袴《はかま》姿の少女がふたりの元へと駆けてくる。弓を引き終わって、控えの場所へと戻ってきたところだったようだ。

「私が河井です。あの……どちら様ですか？」

「僕たちは、藤山桃代先生の知り合いです。今日は、先生のことでお話があって来ました」

「あ、藤山先生のですか!?　私もぜひ話したいです！　みんな、ごめん。練習ちょっと抜けます」

久乃が練習場の外、体育館との間に千聖たちを導いた。遅れて、桃代も合流した。久乃には、桃代の姿が見えていない。それを唇を噛みしめながら受け止めている桃代の表情が、なんとも切ない。

「今でもよく覚えています。先生、私たちの目の前で急に倒れて、救急車で運ばれたんです。その後すぐ亡くなったって聞いて、クラス全員ショックを受けました……。

そのことは、おふたりももちろんご存知なんですよね？」

「はい」

久乃は、当時クラスの生徒全員で桃代の葬儀に参列したことを教えてくれた。三十三人、皆が桃代を慕っていたという。

「私たちは、先生が病気を抱えていたなんて全然気付かなくて……」

「必死で隠していたんだそうです」

千聖が説明すると、久乃は目を伏せた。

「やっぱり。そういうことですよね。先生なら、簡単には言ってくれなかっただろうな……」

「藤山先生は、どういう先生だったんですか？」

寂しそうに呟く久乃に、千聖は衝動的に質問した。彼女たちが桃代をどう思っていたのか、知りたいのだ。

「他のクラスの子たちは、藤山先生のこと厳しくてツンツンしているから苦手だって言う子が多かったんです。でも実際は、どの先生よりも私たちのことを考えてくださっていました。私の家庭の悩みとか、部活のこととか、連絡ノートでよく相談に乗ってくれました。たまに私たちの似顔絵を描いてくれたんですけど、それがすっごくうまくて、似てるんです。愛情がこもってて、嬉しかったなあ……」

久乃の話を、桃代は嗚咽をもらしながら聞いていた。直接、教え子が自分のことをどう思っていたのかを聞くのは、初めての経験なのだろうか。

「連絡ノートの話は聞いています。藤山先生も、文字だと話しやすかったらしいです」

「そうだったんですね……。あの、どうして、先生は病気のことを私たちに隠していたんでしょうか？」

久乃は真剣に、そして必死に千聖の目を見ている。久乃たちは、桃代に闘病していることを打ち明けてほしかったのだ。自分の悩みを一緒になって考えてくれる先生の、力になりたかった。千聖も目頭を熱くしながら、彼女に向き合った。

「藤山先生は、四十代の頃から心臓を患っていました。河井さんが入学するよりも前からです。それでも、受け持った生徒たちが可愛くて仕方なくて、ギリギリまで仕事を続けたくて――皆さんを不安にさせたくなかったのだと、聞いています。できることなら卒業まで見守りたかった、と」

一気にそう言うと、久乃は納得したように頷いた。思い当たる節があるのかもしれない。

「ああ、やっぱり……。先生が亡くなってから、別の新しい先生が来たんですけど。忙しいからって全然相談になんか乗ってくれないし、授業だって義務的にこなしているだけでおもしろくないです。新しい先生には悪いですけど、私は今でも、藤山先生にずっと教えてもらいたかったなって思っています」

その言葉を聞いて、桃代は地面にへなへなと崩れ落ちた。小刻みに肩を震わせて泣いている。それは無念さと、嬉しさ、両方が綯《な》い交ぜになっているに違いない。千聖は彼女の背中を撫でてやりたかったが、久乃の手前、それはできなかった。

「それに、私たちいつも言っているんです。あまりにも突然亡くなってしまわれたので、感謝の気持ちをひとつも伝えられなかったって。あの……どうすれば先生に恩返しができると思いますか？」

彼女たちの心には、桃代がずっと寄り添っているのだ。桃代がもうこの世にいなくても、その思いだけは生徒たちの心の中で生き続ける。千聖はそう確信した。

「私も、〝この先いろいろなことがあるけれど、自分らしく伸び伸びと生きなさい〟って、藤山先生に言われました。きっと、皆さんが自分らしく生きてくれることが、先生への一番の恩返しに、なると思います」

「……自分らしく伸び伸びと、ですね。ふふっ、藤山先生らしい言葉です。英語の授業でも、いつも〝Just the way you are.〟って言っていました」

聞き覚えのあるフレーズに、千聖はぴくりと反応した。何かの授業で教わったことがある。

「それって、確か……〝ありのままの君で〟って意味ですか？」

「そうです。でも、それを一番守れていなかったのは、先生なんですけどね……」

久乃の言葉を聞いて、桃代のすすり泣きが号泣に変わった。声を上げながら子どものようにぼろぼろと涙を流している。千聖もつられて泣きそうになり、慌てて目元を拭った。

「大切な生徒の皆さんの前で倒れたことを、亡くなった今でも、藤山先生自身がずっと後悔していると思います。だから、そこはどうか、許してあげてください」

「はい。許すもなにも、最初から怒ってないですけどね」

久乃は満面の笑みを浮かべ、千聖と雷蔵に、わざわざ会いに来てくれたことへのお礼を言った。そして親切にも、当時のクラスメイト全員の名前と、今日学校に来ているであろう生徒たちを教えてくれたのだ。テニス部と水泳部は、大会で遠征しているため、帰りが夕方以降になるだろうとのことだった。

千聖と雷蔵は、彼らのことも訪ねて話をすることを約束し、久乃を練習場へと戻した。弓道部らしく、優雅で美しいお辞儀をする子だった。その姿はどこか、桃代を彷《ほう》彿《ふつ》とさせた。

「藤山さん、大丈夫ですか？」

「……はい。ごめんなさい、お見苦しいところを……今日で一生分、泣いたかもしれません……」

久乃の姿が見えなくなってから、千聖と雷蔵は彼女の腕を支えて立たせた。膝《ひざ》は砂で汚れ、綺麗に化粧されていた顔は、涙でぐちゃぐちゃになっている。

あれほど凛《りん》としていた先生が、生徒の愛情を知って鉄の仮面を剥がされるとこんなにも不格好になってしまうのだ。千聖は不謹慎だと分かっていながらも、少しだけ笑ってしまった。こっちの方がよっぽど、桃代の人間らしさが伝わってくる。これを生徒たちに見せていたら、もしかすると人気者になっていたかもしれない。

それから、サッカー部、バレー部、バスケットボール部、野球部、吹奏楽部などを回り、久乃を含めて二十三人には会うことができた。どの生徒も、桃代が病気を隠していた理由を知りたがっていたし、同時に「本当にいい先生だった」と感謝もしていた。その度に桃代が泣いてしまうので、千聖と雷蔵は彼らと話をするよりも、彼女をなだめることの方に骨を折った。

その後学校にいる生徒に順調に会って話を終えた時、時計が午後三時を指した。あと十人だ。これはもしかすると、全員に会えるかもしれないと千聖は期待した。残りは遠征に行っているテニス部に四人、水泳部に三人。部活が休みの書道部の女子がふたり、あと不明なのがひとり。

「藤山さん、この生徒さんの部活ってご存知ですか？」

覗き込んだ。

ひとりだけ、久乃も『今日はどこにいるか分からない』と言った生徒がいた。須田《すだ》有紗《ありさ》という女子生徒だ。千聖が尋ねると、桃代は千聖がメモしている生徒のリストを覗き込んだ。

「須田さんは……今も部活はしていないのかしら」

「今も……ってことは、以前はどの部活にも所属していなかったんですか？」

「ええ。この学校はなにかしら部活動に入ることを推奨しているのですが、彼女だけは頑なに入ろうとしませんでした。それに、学校も休みがちで。元々おとなしくて人付き合いの苦手な子ではあるんですが……。理由などについては、家庭訪問やノートのやりとりを通じても教えてくれませんでした」

かつて、桃代は彼女の気持ちに寄り添おうと努力した。クラスのみんなも有紗を責めるようなことは言わなかったし、無理に部活はしなくてもいいと桃代は伝えていたのだが——学校も休むことが多く、休日は繁華街でよく見かけるという噂《うわさ》もあり、桃代以外の教師からは『サボるんじゃない』『みんな部活もやっているんだ』と叱責されていたことがあるらしい。事情を知らない教師たちから問題児と決めつけられ、有紗は肩身の狭い思いをしていたかもしれないと、桃代は説明した。

それを聞いた千聖と雷蔵は、顔を見合わせた。遠征から帰ってきた生徒たちを迎えるまでに、書道部のふたりと須田有紗に接触できれば、全員に会えるのではないか。

雷蔵が頷いたので、同じことを考えているのだと、千聖も分かった。

しかし、猶予《ゆうよ》があるとしても二時間くらいだろう。早く学校に戻ってこないと、遠征から帰ってきた生徒たちとすれ違ってしまうかもしれない。

「この書道部ふたりと、須田さんの住所はご存知ですか？」

家を当たるのが会える確率は最も高いだろう。雷蔵が聞くと、桃代は自信たっぷりに頷いた。家庭訪問の経験から、今でもしっかり覚えているらしい。


千聖たちはすぐに学校を出て、距離の近い書道部のふたりの家へ向かった。最初の家は不在で誰も出てこなかったが、次の家になんとふたりともいてくれた。元から仲がよかったようで、今日は家で一緒に勉強会をしていたそうだ。

「河井さんから連絡があったんです。藤山先生の知り合いの方が、私たちを訪ねてくるかもって。だから、出かけないでおいたんです」

「私の家、よく分かりましたね。河井さんに聞いたんですか？」

千聖と雷蔵は玄関に立ち、曖昧に笑って頷いた。そういうことにしておかないと、学校では個人名簿を見られなかったし、かといって「桃代に案内してもらった」とも説明できないからだ。

桃代は千聖たちの後ろから、ふたりを見守っていた。やっと涙はおさまってきたみたいだが、それでもまだ感極まっているようだった。

彼女たちもまた、桃代の死は残念がっていたし、千聖と雷蔵が事情を説明すれば、素直に信じてくれた。

「あの最後に……須田有紗さんって、今日はどうしてるかとか、なにか知りませんか?」

話が終わって、千聖は彼女たちに尋ねた。ふたりともきょとんとしている。

「須田さん?」

「部活はなにもしてないですし、家にいるんじゃないですか?」

「家……あ、ありがとうございます」

突然尋ねてきたにも関わらず、ふたりは快く迎えてくれた。有紗もうまく受け入れてくれるといいな、と千聖は願った。

しかし、すべてが順調には進まないものだ。有紗の自宅アパートを訪ねてみたが、チャイムを鳴らしても反応がない。

「出かけているんですかね……」

「そうなると、探すのは厳しいな。帰宅を待ってみる?」

千聖と雷蔵が話していると、桃代は何かを思い出したように「ああっ!」と叫んだ。千聖はびっくりして振り返る。

「わたくしが倒れる前日なんですが、須田さんを夜遅くに繁華街の方で見かけたと、他の先生から伺ったんです。今、思い出しました！」

「それって……？」

「決して夜に遊び歩くような子ではありません。他の先生方は問題児のように言っていましたが、本当は家族思いのいい子なんです。もしかしたら、なにか理由があるのかも……」

桃代が言うには、有紗は母と弟と三人で暮らしている。母親は看護師で忙しく働いており、夜勤で家を空けることも多いそうだ。その時は有紗が弟の面倒を見ていると、家庭訪問でそのあたりの事情は知っていたらしい。

「じゃあ、一か八か、繁華街に行ってみますか？」

「……お願いします」

雷蔵の提案に、桃代は乗ってきた。繁華街に移動して、その後また学校に戻ることを考慮すると、有紗を探せるのは一時間もないだろう。千聖たちは自然と駆け足になった。

電車で二駅隣まで行き、桃代の情報を頼りに有紗を探す。写真もなにもないので、手がかりは色白で小柄、一年生の時は黒髪を腰まで伸ばしていた、ということだけ。

桃代に見つけてもらうのが、一番確実ではある。

四十分ほど探し回った頃、桃代にも諦めの色が浮かんできた。目撃された時間帯が違うのでこれ以上は無駄なのでは、と千聖も思ってしまった。

「まだ、終わってないよ」

「……へっ」

「藤山さんより先に、僕たちが諦めたらだめだよね」

千聖の心を読んだかのように、雷蔵がそっと囁《ささや》いた。まったくもってその通りだ。ギリギリまで粘らなければと、千聖は自分の役割を再認識する。雷蔵に礼を言うと、彼は「それでこそ羽根田さんだ」と微笑んだ。

大通り沿いはあらかた見て回ったので、まだ探していなかった路地裏に入る。小さな喫茶店の前を通りかかった時、桃代がはたと足を止めた。喫茶店の前を箒《ほうき》で掃除している店員らしき少女を、凝視しているのだ。千聖もドキッとした。

桃代はそっと少女に歩み寄りその顔を覗き込んで確認すると、千聖と雷蔵に合図を送った。その表情は、会えたことに驚いているようだ。

まさかここで見つかるとは、千聖も信じられない。雷蔵と一緒に有紗に駆け寄り、声を掛けた。

「すみません、須田有紗さんですか？」

「ひっ……！」

有紗は飛び上がり、叱られる前の子どものようにびくびくしている。人と関わるのが苦手だとは聞いていたが、怖がられるとは予想しておらず、千聖も戸惑った。

「あ、あの……驚かせてごめんなさい。私たち、藤山桃代先生の知り合いです。お伝えしたいことがあって、有紗さんを探していました」

「……久乃ちゃんが言ってた人たち、ですか？　さっき、メールが来てました……」

「あ、そうです！　少しだけ、お時間いいでしょうか？」

河井久乃が彼女にも連絡をしていてくれたらしい。それなら話は通りやすいと千聖はほっとしたのだが、有紗は未だに落ち着かない。数秒間、迷うように目を泳がせたどたどしく頷いた。

「あ、あのっ……このこと、学校には黙っていてもらえないでしょうか……？」

「このこと？」

「アルバイト、です」

千聖は桃代を振り返った。沈痛な表情を浮かべた桃代は、「アルバイトは校則で禁止されています」と答える。彼女が部活に参加せず学校も休みがちだった理由は、これだったのか。

「分かった。言わないから、安心していいよ」

雷蔵が先にそう答えた。だが、厳格な桃代が、それを許せるかどうか。千聖はヒヤリとする。案の定、桃代は黙り込んでしまった。

他の生徒たちと同様、千聖は桃代の想いを代弁して有紗に伝えた。有紗は静かに頷きながら聞いていたが、最後には少し悔しそうな、苦い表情を浮かべた。

「藤山先生には、本当に感謝しています。いつも私の味方になってくれましたし……。先生にだけは、アルバイトのこと相談しようかなって思うこともありました。絶対に叱られるだろうけど、先生なら分かってくれるって」

「有紗さん……」

「だから、亡くなった時はショックで……。学校にはもう味方がいないって思いましたけど……。他の先生から酷いことを言われても、久乃ちゃんやクラスのみんなが庇ってくれるようになったんです」

か細く震える声で、有紗はそう言った。桃代は目を閉じて、その声に聞き入っているようだ。

「弟が心臓の病気で……国の補助を受けても、母の稼ぎだけじゃ治療費が足りないんです。放課後にアルバイトを掛け持ちしているので、どうしても部活は参加できませんでした」

それで毎日働き詰めになり、よく体調を壊していたというわけだ。千聖は、自分の母に対する想いと、有紗の想いを重ね合わせていた。家族のために自分が頑張らなければという気持ちは、痛いほどよく分かる。桃代の言った通り、有紗はいい子だった。

「そのことを、藤山先生は相談してほしかったと思いますよ」

「……え？」

「ひとりで抱え込まないで誰かに相談していれば、有紗さんがここまで苦悩することにはならなかったかもしれないです。藤山先生は、みんなの行く末を心から心配していました」

千聖は、もしも自分が有紗の立場だったらと考え、そう伝えた。桃代も頷いている。

有紗は次第に涙ぐんでいき、最後には泣き出した。

「ご、ごめっ……ごめんなさい……。先生が亡くなって、どうして話さなかったんだろうって……本当にっ……後悔したんです」

「あ、謝らなくていいですよ！　責めているわけじゃなくて……」

千聖はおろおろとしながらも、有紗の手を取ってぎゅっと握った。心細い時は、人の温もりに触れると落ち着くのだ。桃代は有紗と一緒になって、すすり泣いていた。

千聖が困り果てて、雷蔵に視線で指示を仰ぐと、彼は一歩有紗に近づいた。

「まずは、クラスの誰かに相談してみたらどうかな。河井さんとか、親身になって聞いてくれそうだよ？」

雷蔵の言葉は、心にすっと沁《し》み渡る温かさを持っている。有紗は何度も頷いて、「ありがとうございます」と言った。桃代はその様子を見守りながら、拳を強く握っていた。

「みんな藤山先生の熱い想いを受け取ってくれた、とてもいい子たちだ。きっと、いい解決方法を見つけてくれる」

「は、はい……」

有紗と別れ、千聖たちは急いで学校に戻る。桃代は、その道中ずっと静かだった。有紗の力になってあげられなかったことが、悔しかったようなのだ。

「大丈夫ですよ。藤山先生が教えた生徒さんたちだから、きっと有紗さんのことも受け入れてくれます」

「羽根田さん……。そうだと、いいのだけど……」

桃代の震える拳を、千聖はそっと握って開かせる。力を入れすぎて、手のひらに爪の痕《あと》ができていた。

学校に帰り着き、今度は遠征から帰ってきたテニス部と水泳部の生徒たち七人に会いに行った。これで、三十三人全員に会うことができた。七人との話を終え、彼らを見送る。

桃代の願いはもう叶えてしまったように思えるが、彼女はまだ、チョークを使っていない。黒板になにかを描くのだと、そう宣言していたはずだ。千聖が疑問に思っていると、桃代はきびきびと歩き出した。

「藤山さん？」

千聖と雷蔵は後を追った。桃代は迷うことなく、ひとつの教室へと足を踏み入れる。机はなく、ロッカーも空だ。今は使われていない空き教室のようで、桃代はそこの黒板の前に仁王立ちになる。

「ここは……？」

「生徒数が少なくなったので、今はほとんど使ってない教室です」

雷蔵の問いに答えながら、桃代は黒板のスペースを測るように指を動かしている。

「羽根田さん、チョークを貸していただけるかしら」

「あ、どうぞ！」

どうやら、ここに生徒たちへのメッセージを描くことに決めたらしい。桃代は千聖から七色のチョークを受け取って、中心に白いチョークで何かを描き始めた。人間の顔——河井久乃の似顔絵だ。しかも、かなり完成度が高い。久乃が言っていたが、絵がうまいという特技も桃代は持っていたのだ。

「すごい、河井さんにそっくり……」

「本当だ……」

千聖と雷蔵が感心していると、桃代は照れくさそうに笑ってすぐに、あっと息を呑んだ。

「ごめんなさい、誰か来ないか見張っていていただけないかしら。これって、傍から見たらチョークだけが勝手に動いているように見えるんですよね？」

「そ、そうでした！　では、私と店長で入り口を見ておきますね」

「お願いします」

千聖と雷蔵は入り口に立つ。桃代は目を真っ赤にしたまま、楽しそうに、時に切ない表情を浮かべながら、三十三人の似顔絵を黒板に描いていった。今日会ったどの生徒たちの顔もある。その中には、須田有紗が微笑んでいる顔もある。彼女の記憶には、大切な子どもたちの顔が鮮明に刻まれているのだ。

約一時間を掛けて、桃代は子どもたちの似顔絵を描ききった。最後に白以外の六色のチョークでカラフルな風船や花を描いて装飾し、隅《すみ》に〝Just the way you are.〟の文字を残す。

これを見つけた生徒たちは、きっと感動の悲鳴を上げるだろう。誰が、これをいつ描いたのだと、不思議に思って皆で議論するだろう。そんな場面がありありと浮かんで、千聖は涙で濡れた唇を噛みしめた。

「みんな。卒業するまでに見つけてね……。本当は卒業式の日に、描いてあげたかったのだけど」

「絶対、すぐに見つけますよ。それで、すごく喜ぶと思います」

「僕も、羽根田の考えに同意です」

桃代の呟きに対して千聖が反応すると、雷蔵も同意してくれた。桃代は目尻を下げ、笑ったまま大粒の涙を流した。

「そうだと、いいわね……。あの子たちの未来に、幸運がありますように」

桃代が持っていた黄色のチョークをケースに置くと、彼女の身体が徐々に透けていく。その時がやってきたようだ。生徒思いで優秀な教師が、こうしてひとり、黄泉へと旅立っていく。

「鳴神さん、羽根田さん。今日は、わたくしの我が儘に付き合ってくださって、本当にありがとうございました」

「あちらの世界では、安らかに、ありのままの自分で過ごしてくださいね」

千聖の言葉に、桃代ははっきりと返事をした。

「はい。〝Just the way you are.〟ですよね。今度こそ、守ります。生徒たちとの約束です」

最後にまたきっちりと手本のようなお辞儀をした桃代の身体は、次の瞬間に光となって消えた。千聖は、生徒たち全員に彼女の姿を見せて会わせてやりたかったが、それでも桃代は満足げだった。

千聖と雷蔵は空き教室からそそくさと脱出し、帰りに職員室であいさつをして、急ぎ地元に帰ることにした。黒板の前には、七色のチョークを敢えて残して——。


三週間振りの大仕事だったが、身体が馴染んできたのか、それほど疲労は感じられない。千聖は一歳しか違わない生徒たちと接したからか、気分が昂《たか》ぶっていた。夜の七時前には最寄り駅に帰り着いたので、今日は麻唯子に対する言い訳は特に必要なさそうだ。

「羽根田さん、今回もかなり労力を使っただろうから、明日は休んでね」

「あ……では、お言葉に甘えて。ありがとうございます」

こうして自宅までの帰り道に雷蔵と他愛ない会話ができるのも、近頃は千聖の楽しみになっている。

「月曜からのシフトも組み直すから、終わったら確認の連絡をするね」

「はい。よろしくお願いします」

目の前の仕事に精一杯になっていて忘れていたが、月曜からのシフトにはいよいよ香奈美が入るのだ。これで、家の手伝いをする時間も増える。このところ麻唯子に負担を掛けていたので家のことも頑張ろうと、千聖は気合いを入れ直した。父・悟のように、仕事を理由に家事を投げ出すような人間にはなりたくないのだ。雑貨店で働き始めてからは、人として尊敬できる人格者にばかり出会っているせいか、悟に対する苛立ちが膨らんできているようだった。

「羽根田さん、あのね……素朴な疑問なんだけど」

「はい、なんでしょう?」

「もしも、羽根田さんのお父様が、狭間世界のお客さんとして来たら……どうする?」

笑顔で雷蔵を見上げた千聖だったが、表情を徐々に硬くした。気まずいのを誤魔化すように、千聖は雷蔵から視線を逸らす。

最初の頃、雑貨店で知春の対応をしていた時に、もしもという予想はしていた。

だが、あの父親だ。会社で何かあれば麻唯子に当たり散らし、出された料理がまずいと文句を言い、『お前たちは俺が養ってやってるんだ』と傲慢さをふてぶてしくアピールしていたあの父親が、それらを後悔しているとは考えがたい。

「それは、ないですよ。あの人、反省なんかしないですし」

千聖はわざと明るく言った。けれど、雷蔵は納得していないのか、苦笑している。

「そうかな。家族でも見抜けない想いがあったかもしれないよ?」

「……もし、本当に反省していたとしても、会った瞬間に頬を引っぱたきます」

千聖が強気にそう言うと、雷蔵は数回頷いて笑った。

「なるほどね。教えてくれてありがとう。それじゃ、今日もお疲れさまでした」

雷蔵は、千聖の言葉を批判することも肯定することもなく、ただ穏やかにそう言った。何かしらリアクションがあると思っていた千聖は、少しだけ戸惑う。

「あ、はい。送っていただきありがとうございました。お疲れさまでした」

意味深長な笑みを残し、雷蔵は千聖をいつものところまで送り届けて帰っていく。

雷蔵が唐突に悟の話を切り出したことには、なにか意味があるように思えてならなくて、千聖は騒ぐ胸をどうにか落ち着かせた。

第四話　パステル・キャンドル

二〇一九年、六月。外は一気に梅雨めいてきて、雨足は近づくのに客足は少し遠のいていく。

後から入ってきた香奈美はすっかり仕事に慣れ、忙しさも落ち着いてきたので、千聖は平日の休みを取りやすくなった。

そして、遂に〝あの日〟の休みを申請する時がやってきたのだ。

「店長。次の金曜日は、お休みをいただきたいのですが……。香奈美には、事前にシフト交替してもいいとのことで、許可を取っています」

「いいよ。あ！　前に言ってた、お母様とのレストランの約束？」

「はい、そうです」

「そっか。楽しんできてね」

麻唯子との外食は、今度の金曜日に決まった。リサーチの末、ここだと決めたフレンチレストランに五月中に予約の電話をしたのだが、既に一カ月先まで予約がいっぱいだったのだ。

悟とのことで葛藤があったとはいえ、麻唯子との食事自体は千聖もとても楽しみにしている。テーブルマナーの本も買って、千聖は今猛勉強中だ。

雑貨店の経営状況も、雷蔵によると悪くはないらしい。ただ、土日の交通費や諸経費がかさんでいるのか、利益はほぼとんとんだということだった。

平日は一般客に向けて店を開け、そこで土日に掛かる諸費用をまかなっているようなので、雷蔵自身の給与はほぼ出ていないと思われる。

それだけ狭間世界の客たちを大切にする雷蔵の真意は、未だによく分かっていない。アルバイト初日に雷蔵の正体について単刀直入に質問したが、あの時はさらっと躱《かわ》されてしまった。後に神様の力を受け継いでいるということだけは教えてくれたが、それ以外の詳しい部分は未だ隠されたままだ。その全容をいつか教えてくれることを、千聖は期待している。

雷蔵目当てで通う女性客は更に増え続け、今もまた雷蔵は女子高校生に捕まって話を聞いてあげているようだ。誰に対しても優しい彼のことが、千聖は徐々に気になり始めていた。

土曜日。昨日のディナーは人気のフレンチレストランということもあって料理は千聖の口に合ったし、麻唯子も娘とふたりの外食を喜んでいた。

しかし、ところどころで麻唯子は悟の名前を口にした。麻唯子は、父に会いたいのだろう。千聖はというと、もしも悟が店にやってきたらと思うとどうしても嫌悪感が勝ってしまう。でも麻唯子が望むならば会わせてやりたいとも思うので、複雑な心境だった。

を楽しんだ。

だが、まずあの悟が店を訪ねてくるはずがない。そういう結論に至り、千聖は食事を楽しんだ。

麻唯子に自分の給料でご馳走できた上に、テーブルマナーの勉強の成果も発揮できて、千聖はほくほく気分を持て余したまま出勤した。

「おはようございます」

「おはよう。昨夜は、お母様とのディナー、楽しかった？」

雷蔵にあいさつをするとすぐ、彼はにこやかに聞いてきた。千聖は大きく頷く。

「はい！　料理が次々と出てくるところなんて、初めて行きました」

「そう、よかったね。あ、羽根田さん、ちょっと待って……」

千聖が控え室に荷物を置きに行こうとすると、雷蔵が呼び止めた。千聖は何も疑問に思わず振り返ったのだが、雷蔵は少し言い淀《よど》んでいる。

「どうしました？」

「昨日、ね。香奈美さんに指摘されたんだけど……。新人の自分は名前呼びなのに、最初から働いている羽根田さんを名字で呼ぶのは、おかしくないかって」

「へっ？」

少し間抜けな声が出てしまった。香奈美はなぜそんなことを言ったのか。名前の呼び方なんて、たいした問題ではないと千聖は思っていたのだが——でも、言われてみれば確かに不自然に感じる。

「香奈美さんの言う通りだなと思って。今日から、千聖さんって呼んでも……いい？」

若干歯切れが悪そうだが、雷蔵が頬を掻きながらそう言った。男性に名前で呼ばれるなど、悟以外では初めてかもしれない。千聖は目を丸くしたものの、よくよく考えると雷蔵との距離が縮まった気がして嬉しかった。首をぶんぶんと縦に振って返事をする。

「店長がよろしければ、どうぞ……！」

「よかった。慣れるまで時間掛かりそうだけど、よろしくね」

ただでさえ店長のことを異性として意識し始めているのだ。そんなことを笑顔で言われてしまうと、心臓がうるさく鳴る。千聖は雷蔵の顔を直視できなくなって急いで控え室へと逃げ込んだ。こんなドキドキした状態で、仕事が勤まるのか。

世の中の人たちはこの変な緊張感をどう処理するか、千聖は知りたかった。麻唯子が、雷蔵を意識させるようなことを言うからだ。彼女の思うように誘導されてしまっている気がして、千聖は雑念を自分の中から押し出すように、両頬を叩いた。

深呼吸を繰り返し、ロッカーに鞄を置いて、店内へと戻る。今からやってくるであろう客に集中するため平静を装って開店準備を始めるが、「千聖さん」と自分の名前を呼ぶ甘い声に二度も惑わされた。雷蔵も照れくさいようで、あまり大きな声では呼ばない。雷蔵も普通にしてくれた方が、千聖もどぎまぎしないで済むのだが。

そう願っている間に、時計は午前十時を指す。雷蔵が入り口のプレートを変えれば、狭間雑貨店の営業開始だ。

雷蔵が閉めた扉は数十秒後、静かに開いた。今日はどんな人だろうと、いつものように迎えるつもりでその顔を見て、千聖ははっと息を呑む。誰かにドキドキを吹っ飛ばしてほしいなんて願ったから、罰が当たったのかもしれない。

耐えきれず、「いらっしゃいませ」すら言わずに千聖は控え室に走り去った。雷蔵が驚いて声を掛ける暇もないほどに、素早く。この反応で、雷蔵は客と千聖の関係が分かってしまっただろう。

――なんで……？　なんで、お父さんが来るの……？

口には出さないけれど、そんな言葉が頭の中を駆け巡る。

悟には未練なんてないだろうと、決めつけていた。会ったら引っぱたいてやると豪語したのに、それよりもどうしたらいいか分からなくて、顔を合わせたくないという気持ちが勝ってしまった。この後はどうしたらいいのか分からず、千聖は床にしゃがみ込んで顔を腕で覆ってうずくまる。

麻唯子とフレンチレストランに行ってふたりだけで楽しく過ごしたから、悟が嫉妬して出てきたのだろうかとか、自分を理解してくれなかった麻唯子と千聖に復讐《ふくしゅう》したくてやってきたのではないかとか、悪い方にばかり思考が動いてしまう。

こういう事態になることを雷蔵は懸念して、あの時『お父様が、狭間世界のお客さんとして来たら……どうする？』なんて質問をしてきたのかもしれない。結局、千聖は父を前にして逃げ出した。

気持ちがぐちゃぐちゃで、どうしようもない。下唇を噛みしめ、店内に戻るべきか迷っていると、控え室の扉が開いて雷蔵が顔を出した。千聖はつられて顔を上げる。

「千聖さん。大丈夫？」

優しく声を掛けられたけれど、千聖は気まずくて頷くことも否定することもできなかった。

「あの方、お父様だよね？」

「……はい」

「君が娘だということには、さっきの一瞬では気付いていないみたいなんだ。僕も君の名前は伏せておくから、まずはお父様の話を聞いてみない？」

雷蔵は中に入ってきて、扉を閉めた。うずくまる千聖の横にやってくると、そっと寄り添ってくれる。励ましてくれているのだ。

「……でも、私なにをするか分かりません。癇癪《かんしゃく》を起こして泣いてしまったり、怒って殴ってしまったりするかも……」

「それでいいよ。僕はそんなことじゃ引かないし、千聖さんの評価だって下がらない。素直な気持ちをぶつけたらいい。家族なんだから」

今まで依頼者からの願いを引き受けて会いに行った人々は、信一も、香奈美も、桃代の生徒たちも、どんなに辛くたって真正面から向き合った。では、自分の場合はどうかと、千聖は考える。父との確執を理由に向き合うことから逃げて、ただ怯えているだけだ。

「香奈美さんも、辛い過去やお兄さんのことを最後には受け入れられた。次は、君の番だ」

雷蔵の言葉に、心が動く。千聖は、重い腰を上げた。

「……はい。ありがとうございます」

「行こうか」

千聖は雷蔵の後についていき、いつもの隠し部屋へと入った。悟の視線が千聖を捉えるが、やはり娘だとは気付いていないようだ。十年も経てば分からないものなのか。それとも、娘に興味がないからか。唇を真一文字に結んで、千聖は定位置に立った。

「お待たせしてしまい、申し訳ありません。僕は店長の鳴神と申します。こちらはアシスタントの者です」

「……ああ、はい」

差し出された名刺をそっと受け取った悟は、それきり喋らない。痩《や》せこけた頬と窪《くぼ》んだ目、白髪交じりの短い黒髪と、血色の悪い肌。亡くなる直前の悟、そのものだ。見間違いでもなんでもない。

こうしてよく観察すれば、やつれた表情や雰囲気から病気であることは分かりそうなものだ。外見では病気だと判断しづらい桃代とは違う。幼い千聖は気付かなかった――いや、気付こうとしなかったのかもしれない。

「先程申し上げた通り、ここはあなたの未練を解決するお店です。解決することで、あなたを狭間世界から黄泉へと送り出します。心の安らぎを得るためにも、まずは僕たちに依頼をしていただけないでしょうか？」

「……そんな、初対面の人間に個人情報をぺらぺら話してお願いするほど、私は安っぽい人間ではありませんよ」

相手を見下し、イライラしたような含みを持たせ、悟は嫌みったらしくそう言った。雷蔵が若いので、余計に高飛車な態度に出るのだろう。

また、これだ。悟には、山よりも高いプライドがある。自分は他の人間とは違う、ずば抜けて優れている。そう誇示《こじ》したくて仕方がないのだ。千聖の胸に、じりじりと焦《こ》げるような怒りが込み上げてくる。

「ですが、あなたがここにいらっしゃったということは、後悔や無念に苛まれて助け

「なんだと？　勝手に決めつけるな！　お前に、わたっ……俺のなにが分かる⁉」

千聖はもう、耐えきれなかった。千聖が尊敬する店長の雷蔵に対して、こんな威圧的な態度を取ることが許せない。

千聖は、テーブルを手のひらで激しく叩いた。ばんっと大きな衝撃音が響く。瞬時に、悟の注意が千聖へと向いた。

「死んでもその性格は相変わらずね……羽根田悟さん」

「な、なんだ、その生意気な口のききかたは！　それに、なぜ俺の名前を知っている？」

「私の顔をよーく見て！　分かる？　全然気付かなかったでしょ⁉　父親のくせに！」

声を荒げてそう言うと、千聖はきつく悟を睨みつける。悟は千聖の顔を凝視した後、すっと表情を変えた。少し怯えたように、頬を引きつらせている。

「ち、千聖……なのか？　なぜだ、千聖はまだ八歳じゃ……？　なぜ、こんな、大きく……？　ど、どういうことなんだ⁉」

悟にとって、十年はあっという間だったのか、驚いて目を見開いていた。千聖が睨みつけていると、次の瞬間にはふっと頬を緩ませる。なぜ笑っているのか分からないが、手を伸ばそうとしてきたので、千聖はすぐ後ろへ下がった。まさか、再会を喜んでいるのだろうか。

「あれから十年以上も経ってるの！　私、大学生になったんだよ。お母さんが、お父さんの残した借金を返しながら死ぬ気で働いて、大学まで入れてくれたの。でも、まだ借金返し終わってないからね……？　自分が私とお母さんにどんな酷いことをしたか、分かってる⁉」

千聖の訴えに、悟は一瞬びくりと肩を揺らし手を引っ込めて黙りこくった。途端に、直前までの傲岸《ごうがん》不遜《ふそん》な態度はなりを潜め、混乱しているのか視線を泳がせていた。

「なにか少しでも反省してるなら、今すぐここでその態度を改めて。店長は、私にすごくよくしてくれてるの。気遣いもできて優しい、立派な店長さんなの！　これ以上侮辱したら許さないから……！」

「……分かった。態度は、改める……。だから、そう怒鳴るな」

すごすごとしながらそう返事をした悟は、両膝に手を置いて姿勢を正す。一方で、勢いよく言いたいことを言いきった千聖は、肩で息をしていた。

「あっ……ちょっと待て。千聖がここにいるのは、なぜなんだ？　まさか、お前も死んだんじゃや……」

「いいえ。では、それは僕が説明しますね」

黙って様子を見ていた雷蔵が微笑みながら立ち上がり、千聖の背中を撫でて落ち着かせてくれる。千聖にだけ聞こえるように、「よく言えたね」と小声で褒めてくれた。

雷蔵は、混乱する悟に店のことについて再度簡単に説明をした。そして、千聖は現世で生きていて、この店を手伝ってくれていると知った悟は、徐々に冷静になっていった。それに合わせて、千聖の呼吸も少しずつ落ち着きを取り戻す。

「千聖は、なぜ死んだ私の姿が見えているのでしょうか。千聖がここで働いているのは、なぜですか？」

「彼女に悟さんが見えるのは、僕の力の影響です。千聖さんになら、この世界と亡魂たちの存在を教えても差し支えないと思い、僕自身がアルバイトとして雇いました」

雷蔵の言葉に、悟は眉根を寄せた。

「……そのアルバイトは、危険なものでは、ないんですよね？」

「はい。それは僕が保証します。依頼の内容によっては遠方に連れ出すこともあるので、その時は申し訳ないと思っていますが……」

今更父親面をするのかと、千聖は反感をもった。ふてくされて悟を見たが、悟は心底安堵したように微笑んでいた。千聖が見てきた父の表情の中で、最も温かいものだ。

そんな顔をされてしまったら、文句は言えない。

「ええと、では。仕切り直して、お話をしましょう」

「……はい」

雷蔵がやや前のめりになって悟と話し始めた。悟は視線こそ合わせようとしないが、随分とおとなしくなっている。千聖の言葉が効いたのだろうか。

「羽根田千聖さんのお父様、羽根田悟さんでお間違えないですか？」

「はい。そうです……」

「悟さんの未練とは、なんでしょうか？」

悟は雷蔵と千聖を交互に見ながら、言うべきかどうか迷っているようだった。雷蔵はじっと待っている。言わなければ先に進めないと悟も観念したのか、もごもごと口を開いた。

「……そ、そこにいる娘と、妻を……苦しめてしまったことです。妻の麻唯子には、特に負担を掛けました。膨大な借金を残したのも、事実です。自分のプライドを守りたいがために、ふたりを傷つけたことを、謝りたい……」

今更なにを言っているのか。すぎてしまったことは、取り戻せないのだ。

悟の言葉に、千聖は呆れ返りながらも、悟がことの重大さに気付いていたことには僅かだが希望を感じた。

悟はぽつりぽつりと語り始めた。亡くなったのは、二〇〇九年の二月。悟が三十八歳、麻唯子が三十五歳、千聖が八歳の時だ。正式な病名は、今日この場でも明かしてくれなかったが、千聖は悟が吐血した場面を見たことがある。消化器系を患っていたことは明らかだった。

「なぜ、ご病気のことを千聖さんたちには隠されていたんでしょうか？」

「私には、働いて家族を養うことしか取り柄がありませんでした。仕事に全てを賭けて、生きてきました。千聖も私を怖がって、麻唯子の方にしか懐きませんでしたし、休日も、父親らしいことはなにも、してやれなかった……」

「お父さん……」

ようやく、父親本人の口から理由が聞けた。千聖のことをこれっぽっちも気にかけていなかったというわけではなさそうだ。

「だから、病気でもう働けないと分かったら、私は家族に必要とされなくなる。そんなことは、私のプライドが許しませんでした。借金をしてでも、『俺はお前たちのために毎日働いて帰ってきているんだぞ』と言い続けました」

悟は必死に弁明をしていた。ちゃんと理由があったことを雷蔵には分かってほしいと、徐々に身を乗り出しながら。

なんて勝手な理由だろうか。千聖も麻唯子も、働けない父親が要らないなど、一度も思ったことはない。むしろいなくなったことで、苦労してきたのだ。

藤山桃代は、生徒たちを想うあまり病気を明かせなかった。それとは正反対ではないか。悟は、最期まで自分のためだけに生きていたのだ。

「千聖。先に、お前に謝る。本当に、すまなかった……」

「……謝ればそれでいいとでも？　お父さんは楽になるかもしれないけど……私なんかよりも、お母さんの方がずっと苦しんできた。これからもまだ苦しむんだよ？　そういうことまで分かってるの？」

千聖は声が震えるのを感じながら、頭を下げて平謝りする父を再度睨みつけた。麻唯子の名前が出ると、悟の身体がびくりと揺れる。

「もちろん、麻唯子にも、心を尽くして謝りたい……」

目に滲む涙を拭い、千聖はもう声を荒らげないように努めた。ただ、麻唯子の苦悩する姿を思い浮かべるほどに、怒りが消せないのだ。これをどうやって、昇華させたらいいのだろうか。

「では、悟さん。この後現世に僕たちと一緒に行き、最大で十二時間ですが、千聖さんや奥さんと過ごされてみますか？　そこで話をされてみてはいかがでしょうか」

「……そんなことが、できるんですか？」

悟の青白い顔に、生気が宿る。言葉通り幽霊そのものの顔をしていたのに、やっと人間らしい表情になった。

「はい。僕の力で、特別に奥さんにもあなたの姿が見えるようにします。ただし、周囲の人たちからは見えませんので、行動には注意してください。それで思う存分、家族で語り合ってください」

「……分かりました。ありがとうございます」

悟が雷蔵に頭を下げた。最初に見せた態度とは百八十度違うので、千聖はどちらが悟の本質なのか、分からなくなってしまった。こういう対応もできるのに、どうして最初からやらないのか。

悟が商社で働いていて仕事のできる人であったことは、通夜や葬儀に参列した会社の同僚たちから散々聞かされていた。同僚や部下には慕われていると知り、あの父にそんなことが本当にできていたのかと、当時は疑念を抱いたものだ。

家族に見せていた態度は、悟の素顔ではなかったのか。どうして、会社の人たちと同様に愛情をもって接してくれなかったのか。それを、麻唯子の前で悟の口から聞きたいと千聖は思った。

「ひとつ、質問をしてもいいですか？」

「どうぞ」

そんなことを考えていると、悟の方から、雷蔵にそう切り出した。

「店長は……あなたは何者ですか？　普通の人間ではありませんよね？」

親子の血なのか、それとも娘を心配する故か。悟は雷蔵に、千聖が以前新幹線の中で聞いたのと同じ質問をした。結局はぐらかされてしまって、千聖も未だ完全には知らない。いつか教えてくれるだろうか、ぐらいに思っていた。

「簡単に言うと、土地神の力を持って生まれた、人間と神のハーフです」

「人間と、神のハーフ……？」

遂に明かされた、雷蔵の正体。神の力を受け継いでいることまでは教えてもらっていたが、それは初耳だった。人間の姿をしているけれど、厳密には純粋な人間ではない、ということになる。

静かな衝撃が、千聖の胸を打った。しかし、今までの出来事から考えれば、そう言葉にも納得がいく。心のどこかで、無意識のうちに覚悟していたようだ。

「僕はこの町の神社で人間の母から生まれ、土地神である父から力を一部授かりました。本来土地神は、この土地で生きる人々を守護する役割を持っています。でも、亡くなった人々の魂が数多く成仏できずに彷徨っていることを知り、彼らの願いを叶えて黄泉に送りたい、残された人との関係を繋ぐ仕事をしたいと考えました」

「それで、この店を……？」

「はい。以前はこの町のまた別の場所で営業していたのですが、新たな場所に来てみたいと思って、ここに。ずっとアシスタントがほしかったのですが、千聖さんという、優しさと行動力に溢れた女性に巡り会えましたし、移ってきて正解でした」

雷蔵は千聖を見て微笑む。まだ少し放心状態の千聖だったが、褒められたのだと分かって、頬を赤くした。

「なるほど。先程は、罵倒するようなことを言ってしまって申し訳ありません。あなたの信念は本当に立派だと思います。私には真似できない」

「いえ……そんなことは。でも、ありがとうございます」

神様の力を持つ者を前にしたからか、途端に腰の低くなる悟は見ていて寒々しい。

千聖は、ますます父親のことが分からなくなる。

相手を、自分より上か下かの尺度で測っているのではないか。雷蔵は上だと判断し、千聖や麻唯子のことは下に見ている。そう考えてしまうと、またイライラが募ってしまう。

そんな中で、雷蔵が千聖のことを評価してくれたことは救いだった。たとえそれが、父親を前にして出てきたお世辞だとしても。

「それでは、時間も惜しいですし、今度はこちらから、ご依頼を承る条件をお話しします」

「はい」

条件、と聞いた悟は、覚悟を決めた目をしていた。

「この店の商品から一点、選んで購入していただきます。今の悟さんに必要だと思うものを、選んでください」

「……分かりました」

雷蔵が立ち上がり、悟を店内へと導く。千聖も戻ってきて、記憶にあったよりも細い父の身体を眺めた。

あの頃は、この変化が分からなかった。それだけ悟が必死に隠していたか、千聖が悟に興味がなかったか。いや、その、どちらともなのかもしれない。

悟はスラックスの後ろポケットから長財布を取り出し、中身を確認した。金融機関から借りたお金が、そこに入っているのだろう。そう思って、千聖は目を逸らす。

「鳴神さん。私、高価なものは買えないんですが、いいでしょうか？」

「ええ、もちろんです。所持金の範囲内でお願いします」

「分かりました。ちなみに、今日は何月何日ですか？」

「六月二十二日です」

その日付に、悟は戸惑いの表情を見せた。今日は、麻唯子の誕生日でも、悟の誕生日でも、千聖の誕生日でもない。他に、羽根田家にとって、大切な日だっただろうか。

悟は、なにかを小声で雷蔵に伝えている。千聖にはとても聞き取れず不満に思うのだが、男同士でしか相談できないこともあるのかもしれない。雷蔵がにこやかに受け答えしているので、ここは彼に任せることにした。

「プレゼントもなにも、いいものが買ってやれない……本当に俺は、情けない……」

悟は頭を抱えながら、千聖を振り返った。その目が、ほんの少し潤んでいる。千聖は勇気を出して、悟の目をじっと見つめ返した。

「千聖。麻唯子は、今日なにか言っていたか?」

「……ううん、なにも」

「そうか。もう、麻唯子も、忘れているのかもしれないな……」

そんなはずはない。悟にフレンチレストランに連れていってもらったことを、麻唯子はあれだけ嬉しそうに話したのだ。悟にとって大切ななにかを、麻唯子が忘れるわけがなかった。

「なんのことか分からないけど、お母さん、絶対覚えてるよ。普段は……私が、お父さんの名前を出されるのを嫌がるから……口に出して言わなかっただけ」

「……そうか。どうしたものかな……」

「それでしたら、僕からご家族にケーキをプレゼントします。小さいのじゃなくて、ホールケーキ」

雷蔵がとんでもないことを言い出した。さすがに千聖もびっくりして、「えっ!?」と大きな声を上げてしまった。

「そんな……。鳴神さんにそこまでしていただくわけには……」

「いいんです。千聖さんにお世話になっているのは僕の方ですから。お礼をさせてください」

「ああ……いいんでしょうか。すみません……」

そして悟は、千聖に聞こえないようにこそこそと、雷蔵と相談し始めた。そんなに知られたくないのであれば、千聖は見ないようにしておいた方がいいのだろうか。そう思って、千聖は一旦控え室に下がった。

「これ……これだったら買えます！」

「ああ、いいですね」

ふたりのそんな会話が、扉越しに聞こえてくる。だがなにを選んだのまでかは分からない。だが、結果的に悟が選んだものなら、麻唯子は間違いなく喜ぶだろう。それくらい、麻唯子は悟のことを愛しているのだ。

「千聖さん、レジやってくれる？」

「あ……はい」

控え室の扉が開き、雷蔵が呼びに来た。戸惑いつつも千聖は店内に出てレジに立つ。いつも、狭間世界の客を相手にする時は、雷蔵がレジを打つのが暗黙のルールだった。金銭のやりとりが契約成立を示すからだろう。それを敢えて千聖に任せてくれるのは、雷蔵なりの気遣いのように思える。商品は既に雷蔵によってラッピングをされていて、中身が分からない状態だった。

千聖は悟からしわしわになった千円札を受け取り、三百円のお釣りを返した。実の父親とこんなやりとりをする日が来るなんて、思いもしなかった。悟の手はささくれがたくさんできていて、乾燥していて——必死に働いてきた人の手をしていた。

「千聖も、こうして働く日が来たんだな」

「……お父さんには負けないよ。私も立派に働いてみせる」

「まだ一人前にもなっていない娘が……大口を叩くんじゃない」

昔は悟に対して、こんな強気なことは絶対に言えなかった。それができるのは、自分の思いを伝えるだけの言葉と感情を手に入れたからこそだ。悟も娘の成長を感じてか、わめき散らすような叱り方はしなかった。

「千聖、麻唯子は家にいるのか？」

「……うん。今日は仕事が休みだから。家事をしたりテレビを見たりして、ゆっくりしてると思う。でも、私と店長が急に来たら驚くから、電話しておくね」

現世に戻ってきて、一行は洋菓子店に向かうことになった。外に出てすぐ、悟は千聖にそう聞いてくる。少しずつ、普通に話せるようになってきているようだ。千聖は麻唯子に電話を掛けた。

「ああ、お母さん。今、家にいる？」

『いるわよ。どうしたの？』

「今から、店長を連れて行きたいんだけど、いいかな？」

『えっ！　いいけど……今日はお仕事よね？　お店はどうするの？』

電話口の麻唯子の反応はもっともで、千聖は一旦呼吸を落ち着かせてから口を開いた。変な方向に勘違いさせてはならない。

「……お休みなの。お母さんに、大事な話があって」

『えっ、えっ……あの、実は店長さんとお付き合いをしてるとか、そういうこと!?　それならご馳走を作るから、待ってちょうだい！』

案の定、麻唯子は嬉々として声を弾ませ、電話の向こうで冷蔵庫を開け閉めしている。千聖は焦りながらも、少し笑ってしまった。

「違うの、お母さん。もうひとり、お母さんに会いたいって言ってる人も連れて行くから」

『え？　その人のお名前は？　どんな人？』

悟だ、なんて伝えたら、驚きでひっくり返ってしまうかもしれない。伝えてもきっと信じないだろうが、千聖はまだ黙っておくことにした。

「……会ってからのお楽しみ。そしたら、二十分後ぐらいを目処《めど》に、帰るね」

『分かった。楽しみに待ってるわね！』

悟がやってくるとは微塵《みじん》も予想していないだろう。千聖は通話を切って、雷蔵と悟に「行きましょう」と言った。

商店街の中で洋菓子店を巡り、ホールケーキを通常販売しているところを探した。三軒目ですぐに、直径十五センチのフルーツケーキを見つけると、雷蔵が購入してくれることになった。今日が悟と麻唯子にとって、なんらかの記念日であるのは間違いなさそうだ。

「チョコプレートのメッセージは、いかがなさいますか？」

「あー……えっと」

雷蔵が答えに困っていると、悟が雷蔵に耳打ちした。これも、千聖に聞かれたくなかっただろう。雷蔵は店員からメモ用紙をもらい、そこになにやら書き込んでいる。

「では、すぐにメッセージをお入れしますので、少々お待ちください」

「はい」

女性店員がちらっと千聖の方を見た。内容によっては、もしかすると雷蔵の恋人に思われただろうか。雷蔵が書いたメッセージを予想してみるけれど『これからもよろしく』ぐらいしか、千聖には思い浮かばなかった。

数分もしないうちに、ケーキの入った箱がやってくる。雷蔵がそれを受け取った時に、千聖と悟は「ありがとうございます」と一緒になって礼を言った。決して安い買い物ではないが、雷蔵のことだから「新幹線の交通費に比べたら安い」とでも言いそうだ。

一行は、洋菓子店を出てアパートに向けて歩く。十年経った景色を眺め、悟は溜め息を零していた。それは過去を懐かしんでいるというより、覚えのある空気から麻唯子の顔を思い出して、やや緊張しているようだった。


「いらっしゃい！　お待ちしておりました」

麻唯子は朝着ていた服から、雷蔵の来訪に備えて着替えたらしい。ちょっと上品なワンピースになっている。

「ただいま、お母さん。改めて、紹介するね。店長の、鳴神雷蔵さんです」

「お世話になっております。今日は突然伺ってしまい、申し訳ありません」

「いいえ、どうぞ上がってください」

ドアが閉まる前に悟を中に入れる。所持品も亡魂の一部だからか、悟が脱いだ靴も麻唯子からは見えていないようだ。悟は着飾った麻唯子を見て、切なげに目を細めた。

「いくつになっても、綺麗なままだな……。でも、やっぱり少し老けた」

苦労してきたからか、麻唯子の目尻の皺は平均的な四十五歳よりも多いと、千聖は思っている。だが、悟が麻唯子を綺麗だと褒めるところを聞いて、なぜだか無性に嬉しかった。感極まってしまい、リビングに行く足が止まる。

「あら？　千聖、もうひとりの方はどちら？」

「失礼します。あの、お母様。これを」

泣きそうになっている千聖の代わりに、雷蔵が麻唯子の気を引いてくれた。

「えっ。ケーキ？　どうして私に？」

「僕から……というより、おふたりにとって、大切な人からのプレゼントです」

なぜケーキの箱を渡されているのか分からない麻唯子は、狼狽えながらもそれを落とさないようにテーブルに置いた。

「私に会いたいと言っている方、からですか？」

「そうです。お母様、驚かれると思うんですが、どうか信じてほしいんです」

「なにを、でしょうか……？」

目をぱちぱちさせながら、千聖に助けを求める麻唯子が愛おしくなって、千聖は彼女の身体を抱きしめた。

「お母さん、落ち着いて聞いてね……。お父さんが来てるの」

「……え？」

温厚な麻唯子でも、わけが分からずに取り乱すかもしれないと、千聖は覚悟していた。しかし、信じるでも疑うでもなく、麻唯子はただぽかんとしている。そんな反応が、千聖は自分の母らしく、可愛いと思った。

「今から会わせるから。見ていて」

麻唯子の両頬を手で包み、千聖は真っ直ぐに彼女の双眸《そうぼう》を見た。麻唯子は、娘とその上司が冗談を言っているなどと決めつけることはせず、ゆっくり頷く。悟はそわそわと落ち着かない様子で、ふたりのすぐ隣で待っていた。

「店長……」

「うん。ではお母様、ちょっとだけ、肩に触れさせていただきますね」

「え？」

雷蔵が麻唯子の肩と悟の肩、それぞれに触れた直後、麻唯子の瞳に悟の顔が映る。

「悟さん……？　え、これは……？　なに？」

麻唯子は放心状態になった。口を開いたまま、悟の全身を上から下まで眺め、直後に手を伸ばす。

「麻唯子。話すと長くなるが……今日、少しだけ、こっちに帰ってこられた」

「あ……さ、悟さん……。悟さん！」

「苦労を掛けた。本当に、ほんっとうに、すまない……！」

顔を合わせると、悟と麻唯子は強く抱きしめ合った。娘の目の前だというのに恥じらいすら見せない。悟は麻唯子の頭を撫で、何度も「ごめんな」と呟いている。どちらの目からも、大粒の涙が溢れていた。

数分間はそうしていただろうか。悟と麻唯子が落ち着いたところで、千聖はまず一緒に座って話さないかと提案した。

麻唯子も悟も同意してくれた。互いに黙ったまま、リビングのテーブル前に向き合って座る。千聖の目の前に悟、悟の隣に麻唯子、千聖の隣に雷蔵、という並びだ。

「ああ、もう……夢かと思った。でもどうして悟さんを千聖が連れてきたの……?」

「それは、僕から説明しますね」

我に返った麻唯子に、雷蔵が話しかけた。簡単に店の仕組みを説明して、千聖には決して危険が及ばないことも伝えたが、まだ完全には呑み込めていないようだ。ただ、悟がここにいるという事実は受け止めているようである。麻唯子は悟の感触を確かめつつ、また泣きそうになっていた。

「では、後はご家族でゆっくり話してください。僕はこれで」

「店長、ありがとうございました」

「うん、また」

千聖が礼を言うと、雷蔵はにこりと笑って立ち上がり、悟と麻唯子にも頭を下げて帰って行った。途端に、部屋の中が静かになる。千聖は思いきって切り出した。

「私も、最初は信じられなかったよ。一度は亡くなった人と、会話したり触れ合ったりできるなんて。それは、お父さんも……だよね？」

千聖が問いかけると、悟は頷いた。

「麻唯子と千聖にもう一度会えるとは、思っていなかった。ふたりとも、本当に……申し訳なかった」

悟が改めて、深々と頭を下げる。こんなにも素直になった父の姿を、千聖は初めて見た。麻唯子はその隣で首を横に振っている。

「謝らなくていいんです。私、悟さんが会社を辞めたことも、借金があることも分かっていました。ちゃんと話そうとしたけれど、悟さんのプライドを傷つけるようで、なかなか言い出せなかった」

「……え？」

千聖は、耳を疑った。麻唯子はなにも知らず、悟に隠されていたのではなかったのか。それを聞いたから、千聖は自然と悟を恨んでいったのだ。

「体調が悪そうだということも、本当は気付いていました」

「麻唯子……」

「だって、妻ですよ？　次第にやせ細ってストレスで味覚が変われば、料理だってまずく感じます。私が、そんな異変に気付かないとでも思いますか？」

麻唯子が紡ぐ言葉に、千聖は未だ追いつけずにいた。麻唯子は、全て知っていたというのか。そしてその上で、千聖に伝えずにいたということなのか。

「悟さんに聞いていいのかに迷っていたら、突然吐血して、思っていたよりもずっと大変な病気だと知って……。どうして無理にでも病院につれて行かなかったのかと、後悔したの。でも千聖には心配させたくなくてずっと黙ってました。責められるべきは私です」

「麻唯子、それは……」

悟が気遣わしげに千聖を見る。真実を明かしてもいいのかと、心配しているようだったが、麻唯子は視線を悟から千聖へと変えた。

「お母さん……どういうこと？」

ずっと、麻唯子の言ったことを信じてきた。でも、それは嘘だったと、たった今暴露されたのだ。千聖の理解が間に合わない。

「……悟さんが吐血して病院に運ばれた時、悟さんに提案されて、私たちは約束をしたの。あなたには、私はなにも知らなかったことにして伝えるって。悟さんに千聖の怒りを全部向けることで、私は責任から逃げたの。ごめんね……」

つまりは、悟は麻唯子と千聖の関係を思い、全ての責任を負うことで、麻唯子を千聖の怒りから守ろうとした——そう言っているのだ。にわかには信じられない。

「嘘だ……。だって、お父さんはいつだって私たちのことなんか二の次で、仕事仕事って！　借金残したのだって、お父さんのちっぽけなプライドのためでしょ!?」

今まで知らなかった真実を突きつけられ、千聖は混乱していた。こんな時こそ、雷蔵に傍にいてほしかったのに、彼はいない。

だが今は、千聖がひとりで立って、戦わなければならない。これは、千聖たち〝家族〟の問題だ。

「千聖。俺が全部悪いことには変わりない。麻唯子が俺の行動に気付いていて黙っていたのは、俺の……そのちっぽけなプライドを守ろうとしてくれたからだ」

悟は神妙な面持ちで、そう付け加えた。

「じゃあ、ふたりは一緒に謀《はか》ったってこと？　それなら、最初からそう言ってくれたらよかったのに。そんな『死人に口なし』みたいな考え、使わないでさ……。お父さんを恨むのが、どんなに苦しかったか分かる？　仏壇の写真を見る度に『許せない』って、どす黒い気持ちが湧くんだよ」

「ごめん、ごめんね……千聖」

言いたいことをぶつけて、千聖は頭を抱えた。今度は麻唯子が、千聖の背中を抱きしめにやってくる。その体温に触れると、涙腺は更に緩くなってしまう。結局、悟も麻唯子も、千聖を思って口裏合わせをしたのだと、受け取ればいいのか。

麻唯子があれだけの借金を肩代わりさせられても、仕事の掛け持ちで体力を消耗しても文句を言わずに黙々と働き続けたのには、そういう理由があったのだ。正真正銘、それは悟への愛だった。

思い返せば、知春と信一も、耕太郎と香奈美も、桃代と生徒たちも——みんな愛情で繋がっていた。

誰にだって、大切な人がいる。それは、今を生きている人たちだけでなく、たとえ亡くなった人たちでも。想いを伝えられなかったからこそ、彼らは後悔を抱えていたのだ。

——それなら、私も。

千聖は顔を上げ、その思いを胸に、勇気を振り絞った。

「……この場で、全部精算しよう。お互いに、ちゃんと腹を割って、話そう。お父さんには、今日のこの時間しかないから」

千聖は泣き止んで、一度深呼吸をしてからそう提案した。麻唯子も悟も、目を赤くしながら賛成してくれている。

「……ああ」

「そうね。あっ、そうだ紅茶入れるわね。ケーキもいただいたことだし」

麻唯子は明るくそう言って、キッチンへパタパタと駆けていく。その間に、悟はラッピング袋から何かを取り出し、麻唯子が持ってきた箱からケーキを出すと、そっと刺した。パステル色のカラフルなキャンドルのようだ。なにか文字がかたどられているようなのだが、千聖のいる方向が裏側なので、読むことができない。

「なんて、書いてあるの？　そういえばチョコプレートも」

「しーっ。ちょっと待ってくれ」

麻唯子が背を向けて紅茶を用意している間に、メッセージプレートを千聖に見せないように、悟は必死に隠していた。そこまでされると一層気になってしまう。

「ねえ、なに？」

「まだだ……麻唯子が最初に見ないと、意味ないだろう」

やはり、恥ずかしくて娘に見られたくなかったようだ。あの父が、「ありがとう」と言ったり照れたり、妻を気遣ったりするところを、千聖は初めて見た。それだけ、父を見ようとしてこなかったということだ。

「はい。お待たせ。どんなケーキなの？　楽しみ～」

トレーに、カップと皿とフォークを三人分とポットとナイフを載せて、麻唯子が戻ってきた。そのまま、ごく自然に悟の隣に座り、動きを止める。キャンドルの文字とプレートを見て、再び麻唯子は目を潤ませた。

「うそ……覚えていてくれたの？」

「うん」

「今まで、一度も祝ったことなんてなかったのに？」

「……恥ずかしくて、できなかった。今日が結婚記念日なのは、そうなる運命だったのかもしれないな」

麻唯子が感動している理由がどうしても知りたくなり、千聖は立ち上がってふたりの後方へと移動する。今度こそ、悟も止めはしなかった。ケーキを正面から覗き込み、そういうことかとようやく納得する。

キャンドルには【Happy Wedding】の文字が並び、チョコプレートには【結婚してくれて、ありがとう】の文字が、ホワイトチョコレートのペンシルで丁寧に書かれていた。

千聖は、今日がふたりの結婚記念日だと初めて知った。悟が『麻唯子は覚えていないかも』と心配していたのは、それだったのだ。

家庭を大切にしていないと思っていた父は、妻との結婚記念日を覚えていた。千聖は、悟に対する認識を改めざるを得なくなった。

マッチを持ってくると言って、千聖はテーブルを離れた。麻唯子と悟が寄り添う時間を、邪魔してはならない。夫を亡くした寂しさは、千聖に埋められるものではないから。

いつもマッチ箱が入っている引き出しにそれが見当たらず、他もいくつか開けてみる。ちょうど切らしているようだ。火のつかないキャンドルで結婚記念日を祝うなんて、悟に格好をつけさせまいと、運命が悪戯しているかのように思えてくる。

「千聖ー？」

「あっ、お母さん。マッチ、ないみたい」

「ごめんね。随分前に切らしたまま、買い足すのを忘れてたかも」

「ああ、仕方ないよね。普段ほとんど使わないもん」

思ったよりも早く、千聖は麻唯子に呼び戻された。麻唯子はもうにこにこ笑っていて、ケーキのメッセージを千聖に見せてくる。【Happy Wedding】は元々新婚夫婦に使う文言だし、今年が結婚何周年だとか、労いの言葉も書けたはずなのに。この不器用さがなんとも悟らしい。ただ、それでも麻唯子は嬉しくてたまらないようだった。

悟に辛く当たられて泣いている麻唯子ではなく、こんなにも仲のよさそうなふたりを、千聖はずっと見たかった。どうしてこの光景が、ずっと叶えられなかったのだろう。

「クリームが溶けちゃうから、食べましょうか」

「……私が切るよ」

「ありがとう」

麻唯子からおしぼりとナイフを受け取り、千聖が三人分を少しずつ切り分けて皿に載せた。

「お父さんも食べられる？　確か、お腹空かないんだよね？」

「ああ。でも、一口なら」

「分かった」

それぞれの目の前に、紅茶とケーキが並ぶ。スポンジがふんわりしていて、果物もごろごろ入っていて美味しいケーキが、途中からしょっぱい味に変わる。

家族三人でケーキを食べるなんて、これが最初で最後だ。涙まで口に含んでしまったようだ。

「もう、千聖。泣かないで。お母さんまでもらい泣きしちゃう……」

「だって……」

千聖と麻唯子を見た悟は、俯いて目頭を押さえていた。三人とも一頻《ひとしき》り泣いて、人生の中でほんの僅かな、家族の団欒《だんらん》の味を噛みしめていた。

「あーあ。お父さんが、うちの店長みたいに、もっと素直で優しい人だったらよかったのになー！」

「……千聖。俺のこと、怖かったか？」

「うん。いつも難しい顔をしてるし、お母さんに素っ気ないし、なにを考えてるか分からなくて嫌だった」

「ははは　っ」

悟はショックを受けるかと思いきや、千聖にそう言われて笑い出した。その笑いには自嘲も含まれているようだ。

「俺は、ふたりに対してなんの見栄を張っていたんだろうな……。死んでしまってから、もっと大切にしてやればよかったとか、あの時こうすればよかったとか、いろいろ浮かんでくるんだ」

それが悟の後悔だ。決して大切に思われていなかったのではないのだと、千聖ももう分かっている。

「悟さんは、不器用なんですよ。そういうところも好きで私は結婚したんですが、やっぱり、たまには甘えてほしかったです。会社の愚痴も聞いてみたかった」

「そうか……」

悟は穏やかな表情で千聖と麻唯子を見つめる。そして、胡座《あぐら》を組んでいた足を崩して、急に正座になった。真剣な眼差しで、もう一度千聖と麻唯子を交互に見る。

「ふたりにとっては、どうしようもない父親で、夫だったと思う。威張り散らすし、傷つけるようなこともたくさん言った。よく分からない世界でひとりになって初めて、家族のありがたみが分かったんだ。本当に、すまなかった……」

「悟さん……」

「俺はもう、なにも償えないし、ふたりを助けてやることもできない。それなのに、今日こうして一緒に過ごしてくれて、ありがとう。これだけは、どこに行っても絶対に忘れないから」

「お父さん……別人みたい」

やはり、羽根田悟という人物の本質が、千聖にはよく分からない。ただ、彼が反省していることは、十二分に伝わった。もう、許すべきだ。千聖は悟の娘で、家族なのだから。

千聖は大きく息を吸い込んで、自分を鼓舞するべく胸を叩いた。悟と同じように正座して、向き合う。悟を見つめ、千聖は意を決して口を開く。

「事情は分かったので、私はお父さんを許します！　私の方こそ、お父さんを怖がって、嫌ってばかりだったこと、謝ります。ごめんなさい……！」

過去の自分と、決別できた瞬間だった。悟を嫌っていた自分自身が、千聖も嫌だったのだ。そんな千聖を見て、悟は泣き崩れている。

「千聖……大きくなったなぁ……うぅっ……俺の娘がこんなに立派になるのか……」

「いい大人が泣かないでよ。私が育ってこられたのは、お母さんが頑張ったからだからね」

「ありがとう、千聖。お母さんも嬉しい。これからは、たまにくらい、悟さんの話をしてもいい?」

麻唯子も、悟のことを恨む娘を見て辛い日々を過ごしてきたのだ。今まで聞くことができなかった千聖の知らない父の一面を教えてほしいと、千聖は頷いた。

その時、悟の身体が透け、後ろの壁が見え始めた。とうとう時間がきてしまったようだ。

「麻唯子、これからもまだまだ迷惑を掛けるが、千聖のことをよろしく頼む。それで、できれば笑って暮らしてほしい」

「はい、もちろんです」

「千聖。あの鳴神さんは立派な男だ。俺にないものを全部持ってる。結婚するなら、ああいう男にしなさい」

「そ、それは自分で決めるから!　というか、相手にされないかもしれないんだからね!」

三人は、笑った。心の底から声を出して笑いながら、わんわん泣いた。

「それじゃあ、元気で。ケーキ、ほんっとうに美味しかったなあ……」

悟は、光になって消えた。満面の笑みを、痩せこけた顔に浮かべながら。

悟がいなくなってからの数分間、千聖と麻唯子は抱きしめ合って泣いていた。麻唯子は、一連の出来事は夢なのではないかと思い、自分の頬を抓《つね》っている。

「ねえ、千聖と店長さんは、あの店で悟さんに会ったのよね？」

ぼーっとしながら、麻唯子がそう聞いてきた。ちょっとした夢心地になっているようだ。

「あ……えっとね。私たちが働いている雑貨店は、平日は普通に営業してるんだけど、土日に、亡くなった人たちの依頼を受けてその未練とか後悔を解決するっていうお仕事もしているの」

「えっ、本当に!? あ、でも悟さんが来たんだから、本当なのよね……。千聖は、大丈夫なの？」

「うん。それはさっき、店長も言ってたでしょ？」

「ああ、ちょっと頭が真っ白で、ちゃんと聞いてなかったわ……。でも、あの店長さんなら、大丈夫そうね」

「うん」

麻唯子には、店の秘密は隠しておくつもりだったが、もしかしたらいずれ気付かれたかもしれない。隠し事をされるのはいい気分ではないし、このタイミングで正直に伝えられたのはよかった。超常現象の説明も省けて、一石二鳥だ。

「あ、店長に報告しなきゃ……」

「ああ、そうね。ケーキのお礼も伝えておいてくれる？　お母さんも、今度改めてごあいさつに行くから」

「うん。もう一度、お店に行ってくるね」

玄関に向かう途中で、悟の仏壇の前を通りすぎたが、千聖は立ち止まって戻ってきた。遺影の中の父は、暗く厳つい表情をしている。これではなく、もっと明るい表情の写真があれば変えてあげたい。そう思う。

千聖の中にある父への思いが、明らかに変化していた。

「今度から、ケーキは無理だけど、たまにはちょっといいお菓子をお供えしてあげるよ。じゃあ、頑張ってきます」

そう悟に報告すると、麻唯子が嬉しそうに笑う声がする。

「行ってきます！」

「うん、行ってらっしゃい」

初夏の香りが漂う生温い空気の中を、千聖は晴れやかな気分で走り出した。

雷蔵からチャットメッセージの返信がある前に、千聖は雑貨店に辿り着いた。自宅と近い上に、走って戻ってきたからだ。

「ただいま、戻りました」

入り口のプレートは【CLOSED】から変えられていないが、鍵は開けられており簡単に中に入れた。

「ああ、お帰り！　ごめん、今メッセージを見たんだ。うまく話ができたみたいだね？」

控え室から雷蔵が出てきた。なにやら作業中だったらしく、手に着けていた軍手を外している。

「はい。ケーキもとても美味しかったと、両親ともに喜んでいました。本当に、ありがとうございました」

「どういたしまして。……憑《つ》きものが落ちたみたいに、すごくいい表情になってるね」

「そ、そうですか？」

まだ鏡を見ていないので自分の顔がどうなっているのかは分からないが、雷蔵がそう言うならそうなのだろう。雷蔵は笑顔から一転、神妙な面持ちになった。

「千聖さん、この仕事、しんどくなってない？　大丈夫？」

「え？」

予期せぬ問いに驚いたが、確かに、依頼者の家族という立場になってみて改めて、この仕事の大変さを思い知った。自分たちが勝手に押しかけていって、残された側の気持ちにずかずかと入り込んでいくのだ。香奈美や千聖のように、抵抗感を示す人だって、この先何度でも現れるだろう。

「僕は、今日は介入すべきじゃないと思って敢えて身を引いたけど、本当はお節介を焼きたくてさ。あの時不安そうな顔をしている君に、『悟さんは家族が恋しかったんだよ』って、言ってあげたかった」

「……はい」

雷蔵の言葉に、千聖は途中、雷蔵に頼りたくなったことを思い出した。けれど、彼が千聖のためを思う故の行動だったのだ。今では感謝している。

「でもそれは、千聖さんが悟さんと話をして気付くべきことだと思って、黙ってた。毎回、この匙《さじ》加減が難しいんだ。だから、境さんや香奈美さんに『視る』力を分けてあげる時も、本当にそれをしていいのかどうか、慎重になる」

依頼者に、最初からその姿を見えるようにしてあげると約束しないのは、そういう理由からだったのだ。

「そうですね。私も、途中で店長に頼りたくなりました。でもこれは、自分の力で解決しなきゃいけないことなんだって思いました。なんでもかんでも橋渡ししちゃいけないんだって」

「うん。君はそれを分かってくれる子だと思ってたよ。今日は、本当にお疲れさま」

「……はい。ありがとうございました」

雷蔵が、あと一歩、千聖に近づいた。距離を詰められたことに驚いていると、髪をわしゃわしゃと撫でられる。今までで一番、愛情がこもっていた。

「わっ……！　ペットじゃないんですから！」

「労いだよ。これからもよろしくってことで、いいんだよね？」

「はい」

目の前に雷蔵の手が差し出される。握手をしようということらしい。こんな場面での握手は照れてしまうのだが、千聖はおずおずとその手を握った。ごつごつしていて、千聖より一回りは大きい。男の人の手だ。千聖の心臓が早鐘のごとく鳴っている。

麻唯子だけでなく悟までも、雷蔵を千聖の相手にと強く推してくる。確かに理想的な男性だが、これからもアシスタントとして手伝うことを決めた以上、彼に恋をしてはいけない。数秒間握手をしただけで、千聖はすぐに手を離した。

「あっ、店長が土地神と人間のハーフだってこと、初耳でした。最初に聞いた時は教えてもらえなかったのに……」

「もう今になったら、なにを話しても信じてくれるでしょ？　信頼関係のできていないうちにそういうことを話すことは、したくなかったんだよ」

「それは、今は私を信頼していただいているということですよね？」

千聖がわくわくしながら聞き返すと、雷蔵は意外にも目を点にした。その様子に千聖は不安になる。

「もちろん。え……僕は今まで一体なんだと思われてたの？　へっぽこ店長？」

千聖の言葉がかなり意外だったのか、雷蔵はぽかんとして聞いてきた。美形の店長でも間抜けな顔をすることがあるのだ。千聖は吹き出してしまった。

「さっき父の前で言ったじゃないですか。『気遣いもできて優しい、立派な店長さん』ですって」

「ああ。あれは嬉しかった」

「でも、五月後半まで店長の年齢すら知らなかったですし。今も、趣味とか好きなものとか知らないままです」

「あー……言われてみれば。でも、僕も千聖さんの趣味とか好きなもの、知らないよ？」

「……あ」

店でも移動時間でも、一緒に過ごすことは多くあったはずなのに、いつでもふたりは仕事の話ばかりで自分自身のことなどそっちのけだったのだ。千聖と雷蔵は、同時に笑い出した。

「私たちって、そういうところは似ているかもしれませんね」

「僕は、最初に面接を受けてもらった時から、ちょっと似てるかなって思ってた」

「そうなんですか？」

「うん。多分、持ち合わせている運勢の波長が合うんだよ。僕も元々運が強いタイプなんだけど、千聖さんが来てからいいことばかり起こってるし。依頼の未達成件数も、今のところゼロ。僕と千聖さんには、運命的な繋がりがあると思うんだよね」

そういえば、雷蔵は度々「運がいい」という言葉を口にしていた。それは雷蔵だけが引き寄せていたのではなく、千聖も関わっていたということなのか。それよりも先に、千聖と雷蔵に引き合うなにかがあったのだと言われると、千聖は照れてしまう。

「わ、なんか嬉しいです……」

「僕が確信したのは、君が偶然、香奈美さんと耕太郎くんを引き合わせた時。それで、もしかすると、亡くなったって言っていたお父様も引き寄せるんじゃないかと思っていたら、今日がまさにそれだった」

「ほ、ほんとだ……！」

「ね。稀に見る強運の持ち主。僕としても、大変ありがたいです」

雷蔵は、まるで神頼みでもするかのように両手を合わせた。そんなに期待されているのであれば、今後もますます頑張るしかない。千聖は白い歯を見せて笑った。

「それじゃ、今日の依頼は達成したし、僕とどこかに遊びに行く？」

「えっ。いいんですか？」

「お互いのことを詳しく知らないのは、やっぱりまずいかなと思うし。あ、でも、お母様がせっかくの結婚記念日に、ひとりになっちゃうね」

「あ……聞いてみます！」

初めて、仕事以外での雷蔵との外出だ。できれば行きたい。そういう思いで千聖は麻唯子に確認の電話をした。麻唯子はふたつ返事で『私のことはいいから、行ってきなさい！』と言った。千聖が帰ったら、麻唯子から質問攻めにされることが確定したようなものだ。

「行ってきて、いいそうです」

「よかった。あ……でも、これ一応デートのお誘いだけど、大丈夫？」

「えっ……」

「やっぱり、気付いてなかったか。では千聖さん、僕と親交を深めるために、デートに行きましょう」

再び差し出された手を、千聖は耳まで真っ赤にしながら、恐る恐る取った。

エンディング

季節は夏へ。七月になると、雑貨店の中も涼感をテーマにした商品が増えてきた。風鈴、扇子、日傘、金魚鉢なども。相変わらず忙しい毎日が続いているが、それよりも楽しさが上回っている。

「千聖ってさ、今、店長とどんな感じなの？」

「えっ……な、なんでそんなこと聞くの？」

「私、知ってるんだ。この前の日曜日、動物園にふたりで遊びに行ってたでしょ？『店長はそんな人じゃない』って千聖は言ってたけど、どうしたのかな～？」

あれ以来、休日の仕事が早く終わると、千聖は雷蔵と一緒に出かけることが増えた。最初は映画館、その次は遊園地、そして先日は動物園。雷蔵はデートと言うが、恋愛面での発展は特にない。

ただ、互いのことを積極的に知ろうとしているので、以前に比べて、千聖は雷蔵について詳しくなった。誕生日は八月二十二日、身長は百八十三センチ、血液型はA型。趣味は占星術《せんせい》について学ぶことで、動物が好き。動物を取り扱うテレビ番組は小まめに録画して、寝る前の時間に見て楽しんでいるという。ついでに、店の名前〝Hyssop〟の由来は植物のヒソップ。その花言葉は〝浄化〟なのだという。

このことを香奈美に言ってしまうと、麻唯子と同様、確実に質問攻めにしてくるので、千聖はまだ黙っていたのだ。しかし、動物園に行ったところを目撃されてしまったらしい。あの強運はどこにいったのか。

「動物園、香奈美も来てたの？」

「うん。クマの赤ちゃんが生まれたって聞いたから。記念グッズも買おうと思って。そしたら偶然、ふたりがいたからさ。で、どこまで進んでるの？」

「進んでるとかはなくて。親睦を深めるために、たまには遊びに行こうって誘われてるだけ」

「ふーん。じゃあ、私も店長と出かけてきていい？」

「えっ！　それは……」

千聖ははっとして香奈美の顔を見た。してやったりと、意地悪な笑顔を浮かべている。墓穴を掘ってしまったようだ。

「ほらー。好きなら、早く捕まえた方がいいよ」

「そういうの、よく分からないし。それに、今は仕事の方が大事。そっちに支障が出ないようにしたいから」

「……そっか。千聖のそういう真面目なところ、私は好きだな」

「ありがとう」

「でもくっついてほしい～！」

「あはは。なるようになる」

千聖は悟との一件で学んだことから、より一層注意深く依頼人と接するようになった。雷蔵の絶妙な匙加減にはまだ遠く及ばないが、ひとり、またひとりと、誰かを幸せにする仕事ができているようで、嬉しいのだ。

大学の授業が終わり、香奈美と別れたら、バイトに行く前に一旦自宅へと戻る。悟の仏壇の飲食を下げるのは、また千聖の役目に戻った。今日は昨日買ってきていた饅《まん》頭《じゅう》だ。バイトから帰ってきたら、麻唯子とふたりで分けて食べるつもりでいる。

洗濯物を取り込んで畳み終えたら、雑貨店へと出発。客足が増え始める午後四時から勤務開始だ。

「おはようございます」

「千聖さん、おはよう」

「本日も、よろしくお願いします」

「うん、こちらこそ」

いつも通りのあいさつだが、これをしておくと千聖は安心できる。それも、雷蔵との仲を深め始めてからは、ドキドキ感も相まって元気が出るのだ。

控え室で鞄をロッカーに入れ、エプロンと名札を着ける。すると、近くのテーブルの上に、封筒と便箋《びんせん》が置かれているのが目に入った。手紙だ。

あけっぴろげにされているのが気になるのだが、こういうものは勝手に見てはいけない。しかし、雷蔵に送られてきた手紙なら、どんなものか知りたい。誰からのものなのか、千聖は気になって仕方がない。

家族や友達からかもしれないが、親しい女性からだったらどうしようと、千聖が悶々《もんもん》としていると、控え室の扉が開いて雷蔵が顔を出した。

「千聖さん。それ、S高校の河井さんたちからのお礼の手紙」

「えっ！」

「あの黒板の絵を描いたのは、本当に僕たちだけなのかっていう質問もあったよ。よかったら、読んでみて」

「は、はい！　読みます！」

藤山桃代の依頼で訪ねた、高校の生徒たちからの手紙だった。千聖が安心して中を読んでみると、改めて当時のクラスメイト全員で話す機会を設け、桃代の残した想いを共有し合ったとのことだった。ただ、あの黒板の絵だけは、桃代がいなければ完成できない、あれは桃代からのメッセージなのでは、でも先生はもう亡くなっているのだからありえない、と議論が分かれて平行線のままでいるらしい。

黒板の絵は、学校側に願い出て消さずにとってあるとのことだった。一緒に写真をたくさん撮ったので、卒業アルバムにも載せるらしい。手紙にも数枚、写真が同封されていた。そこには、須田有紗も晴れやかな笑顔で写っている。

【本当に、ありがとうございました。今度、全員で先生の墓参りに行ってきます。
P.S. 須田さんの弟の心臓移植手術支援のため、今はみんなで協力して募金を呼びかけています。必ず目標金額を達成させます！】という報告を読んで、千聖は嬉しくてたまらなかった。有紗は、後悔を糧にして自分の殻を破ったのだ。桃代にも読ませてあげたいくらいだった。
読み終わった手紙をきちんと折って封筒に戻し、店内に出る。すると今度は、雷蔵が男性客と、和気あいあいと話していた。

「店長？」

「あ、千聖さん。こちら、境信一さん。出張でこっちに来たからって、わざわざ寄ってくれたんだ」

雷蔵がすっと道をあけると、男性の顔がはっきりと見えた。千聖は慌ててお辞儀をする。

「ああっ！　お久しぶりです！」

「お久しぶりです。その節は、どうもありがとうございました」

千聖にとって、忘れもしない最初の依頼。尾形知春の恋人だった、境信一だ。

「知春にも言われたので、あれから積極的に婚活《こんかつ》パーティにも行くようになりまして。

ちゃんと幸せを見つけたいと思います。過去ばかり見ていた僕に、知春を会わせてくれて、本当に感謝しています」

「いいえ。少しでもお力になれたなら、嬉しいです」

こうして、この雑貨店が、人を幸せにできる雑貨店になっていけばいい。様々な人と繋がりができていくこの仕事を、どうかいつまでも全うしたいと、千聖は願う。

都会でも田舎でもない、そんな町の一角に、小さくても人の集まる雑貨店がある。でもその雑貨店——実は、現世でも黄泉でもない、不思議な場所でも営業しているのだとか。

今日もまた、ひとりの彷徨える客が扉を開けた。

「いらっしゃいませ」

「ようこそ、狭間雑貨店へ。ここは、あなたの未練を解決する店です」


【完】

あとがき

初めまして、櫟　彩郁と申します。本作をお手にとっていただきまして、誠にありがとうございます。楽しんでいただけたでしょうか。

本作には、『大切な人に、今伝えられることを伝えよう』という気持ちをたくさん込めました。

作中では、千聖と雷蔵が、この世に未練のある幽霊と、その人にとっての大切な人を結びつけるという描写がありますが、それはもちろん、私たちの生きる世界ではあり得ないことです。亡くなった人の思いは、どんなに頑張っても、本人の口から聞くことはできません。会うことも不可能です。

私自身は、数年前、仲の良かった友達をある日突然亡くしました。遊びに出かける約束をした直後のことでした。彼女のお母さんから訃報の電話をもらったときは、信じ切れずに呆然となりました。なぜもっと彼女と話をしなかったのか、私が助けてやれることはなかったのかと、後悔は尽きませんでした。彼女は最期に何を思ったのか、今でもよく考えます。

生きていれば、こうした生死の別れは誰もが経験します。亡くなった人も、何かを伝えたかったかもしれないと思うと、切ない気持ちになります。

今、あなたの隣にいる人が、明日はもう隣にいないかもしれない。でも、それを不吉なことだとは捉えずに、自分にとっては当たり前の日常が、もしかしたら今一番の幸せなことなのでは、と考えてみてください。

何気ない日常の中で、大切な人に自分の気持ちを伝えられることがどんなに貴重か、見えてきませんか。毎日が忙しく過ぎてしまうせいで、伝え忘れてしまっていることがありませんか。ちょっとしたことでもいいのです。思い当たることがありましたら、ぜひ一言、伝えてみてください。

出版させていただくにあたり、スターツ出版編集部の皆様、作品をよりよくするためにたくさんの助言をくださった飯塚様、濱田様、とても素敵な表紙イラストを描いてくださった六七質様。本当にありがとうございました。ひとつの作品を一緒に作り上げられたことを、大変光栄に思います。

そして、ここまでお読みいただきました皆様、ありがとうございました。皆様の心に、少しでも届くものがあれば幸いです。

二〇一九年五月　檪　彩郁

この物語はフィクションです。実在の人物、団体等とは一切関係がありません。

楪 彩郁先生へのファンレターのあて先
〒104-0031　東京都中央区京橋1-3-1　八重洲口大栄ビル7F
スターツ出版(株) 書籍編集部 気付
楪 彩郁先生

狭間雑貨店で最期の休日を

2019年5月28日　初版第1刷発行

著　者　　楪 彩郁

発 行 人　松島滋
デザイン　西村弘美
D T P　久保田祐子
編　　集　飯塚歩未
　　　　　濱田麻美
発 行 所　スターツ出版株式会社
　　　　　〒104-0031
　　　　　東京都中央区京橋1-3-1　八重洲口大栄ビル7F
　　　　　出版マーケティンググループ　TEL 03-6202-0386
　　　　　(ご注文等に関するお問い合わせ)
　　　　　URL　https://starts-pub.jp/
印 刷 所　大日本印刷株式会社

Printed in Japan

ISBN　978-4-8137-0690-8　C0193

スターツ出版文庫　好評発売中!!

『初めましてこんにちは、離婚してください』　あさぎ千夜春《ちよはる》・著

16歳という若さで、紙きれ一枚の愛のない政略結婚をさせられた莉央。相手は容姿端麗だけど、冷徹な心の持ち主のIT社長・高嶺。互いに顔も知らないまま十年が経ち、大人として一人で生きる決意をした莉央は、ついに“夫”に離婚を突きつける。けれど高嶺は、莉央の純粋な姿に惹かれ離婚を拒否。莉央を自分のマンションに同居させ、改めての結婚生活を提案してくる。莉央は意識することもなかった自分の道を見つけていくが…。逃げる妻と追う夫の甘くて苦い攻防戦に、莉央が出した結論は…⁉

ISBN978-4-8137-0673-1 ／ 定価：本体590円＋税

『あかしや橋のあやかし商店街』　癒月《ゆづき》・著

「あかしや橋は、妖怪の町に繋がる」――深夜０時、人ならざるものが見えてしまう真司は、噂のあかしや橋に来ていた。そこに、橋を渡ろうとするひとりの女性が。不吉な予感がした真司は彼女を止めたのだが…。「私が見えるのかえ？」気がつくと、目の前には妖怪が営む“あやかし商店街”が広がっていた。「真司、この商店街の管理人を手伝ってくれんかの？」――いや、僕、人間なんですけど⁉ ひょんなことから管理人にさせられた真司のドタバタな毎日が、今、幕を開ける‼

ISBN978-4-8137-0651-9 ／ 定価：本体620円＋税

『太陽《ぼく》と月《きみ》の図書室』　騎月孝弘《きづきたかひろ》・著

人付き合いが苦手な朝日英司《あさひえいじ》は、ある特別な思いから図書委員になる。一緒に業務をこなすのは、クラスの人気者で自由奔放な、月ヶ瀬《つきがせ》ひかり。遠慮のない彼女に振り回される英司だが、ある時不意に、彼女が抱える秘密を知ってしまう。正反対なのに、同じ心の痛みを持つふたりは、“ある方法”で自分たちの本音を伝えようと立ち上がり――。ラストは圧巻！ ひたむきなふたりが辿り着いた結末に、優しさに満ち溢れた奇跡が起こる……！　図書室が繋ぐ、愛と再生の物語。

ISBN978-4-8137-0650-2 ／ 定価：本体570円＋税

『あの日に誓った約束だけは忘れなかった。』小鳥居《ことりい》ほたる・著

あの日に交わした約束は、果たされることなく今の僕を縛り続ける――。他者との交流を避けながら生きる隼斗の元に、ある日空から髪の長い女の子が降ってきた。白鷺結衣と名乗る彼女は、自身を幽霊だと言い、唯一彼女の姿が見える隼斗に、ある頼みごとをする。なし崩し的に彼女の手助けをすることになるが、実は結衣は、隼斗が幼い頃に離ればなれになったある女の子と関係していて…。過去と現在、すべての事実がくつがえる切ないラストに、号泣必至！

ISBN978-4-8137-0653-3 ／ 定価：本体600円＋税

スターツ出版文庫　好評発売中!!

『桜の木の下で、君と最後の恋をする』朝比奈希夜《あさひなきよ》・著

高２の涼は「医者になれ」と命令する父親に強く反発していた。自暴自棄で死にたいとさえ思っていたある日、瞳子と名乗る謎めいた女子に声をかけられる。以降なぜか同じクラスで出会うようになり、涼は少しずつ彼女と心を通わせていくと同時に、父親にも向き合い始める。しかし突然瞳子は「あの桜が咲く日、私の命は終わる」と悲しげに告げて──。瞳子の抱える秘密とは？　そして残りわずかなふたりの日々の先に待っていたのは？　衝撃のラストに、狂おしいほどの涙！

ISBN978-4-8137-0652-6 ／ 定価：本体590円＋税

『きっと夢で終わらない』　大椛馨都《おおなぎけいと》・著

友人や家族に裏切られ、すべてに嫌気がさした高３の杏那。線路に身を投げ出そうとした彼女を寸前で救ったのは、卒業したはずの弘海。３つ年上の彼は、教育実習で母校に戻ってきたのだ。なにかと気遣ってくれる彼に、次第に杏那の心は解かれ、恋心を抱くように。けれど、ふたりの距離が近づくにつれ、弘海の瞳は哀しげに揺れて……。物語が進むにつれ明らかになる衝撃の真実。弘海の表情が意味するものとは──。揺るぎない愛が繋ぐ奇跡に、感涙必至！

ISBN978-4-8137-0633-5 ／ 定価：本体560円＋税

『誰かのための物語』　涼木玄樹《すずきげんき》・著

「私の絵本に、絵を描いてくれない？」──人付き合いも苦手、サッカー部では万年補欠。そんな立樹の冴えない日々は、転校生・華乃からの提案で一変する。華乃が文章を書いて、立樹が絵を描く。突然始まった共同作業。次第に立樹は、忘れていたなにかを取り戻すような不思議な感覚を覚え始める。そこには、ふたりをつなぐ、驚きの秘密が隠されていて……。大切な人のために、懸命に生きる立樹と華乃。そしてラスト、ふたりに訪れる奇跡は、一生忘れられない！

ISBN978-4-8137-0634-2 ／ 定価：本体590円＋税

『京都祇園　神さま双子のおばんざい処』　遠藤遼《えんどうりょう》・著

京料理人を志す鹿池咲衣は、東京の実家の定食屋を飛び出して、京都で料理店の採用試験を受けるも、あえなく撃沈。しかも大事なお財布まで落とすなんて…まさに人生どん底とはこのこと。だがそんな中、救いの手を差し伸べたのは、なんと、祇園でおばんざい処を切り盛りする、美しき双子の神さまだったからさあ大変!?　ここからが咲衣の人生修行が開幕し──。やることなすことすべてが戸惑いの連続。だけど、神さまたちとの日々を健気に生きる咲衣が掴んだものとはいったい!?

ISBN978-4-8137-0636-6 ／ 定価：本体590円＋税

書店店頭にご希望の本がない場合は、書店にてご注文いただけます。